梁緣成蓁 3

完

北棠 著

風文創 679

目錄

第二十一章

因為田間的稻穀已經成熟了，很多繡花的姑娘回家去幫忙，梁珩偶爾也會下鄉，但因為沈蓁蓁有了身孕，他儘量每天早上給沈蓁蓁做好飯才走，下午趕在吃晚飯前回來。

沈蓁蓁有些心疼梁珩這麼奔波勞累，但梁珩卻不讓沈蓁蓁自己做飯，說廚房稜稜角角太多，怕沈蓁蓁撞到。

沈蓁蓁自從知道自己有了身孕，平日走路極小心，就怕會出什麼意外，也不堅持自己做飯了。

況且梁珩做的飯比她做的好吃多了，也難為梁珩吃了這麼久她做的飯，且每次都吃得乾乾淨淨，是鹹是淡，從不嫌棄。

梁珩在知道沈蓁蓁懷孕的第二天，又去請了寶榮堂的大夫過來，親自問了孕期該注意的事項，一一記在紙上。

最近，縣城裡的百姓發現經常能在市集碰到提著小竹籃買菜的縣令大人。

一開始大家極為驚訝，別說官老爺家了，就是尋常有點小錢的人家裡，都有一、兩個丫鬟，縣令家不可能沒有吧？

知情人就出來說話了，還真沒有。

這消息簡直驚呆了城裡一眾鄉紳和商戶，紛紛表示願意送兩個丫鬟給縣令大人。

梁珩忙不迭地拒絕了，先不說上次沈蓁蓁明確表示現在不買丫鬟，就是她同意，也只能由她買，而不能收這些人送的，否則不論這些人送丫鬟的原由，沈蓁蓁只怕會立刻炸毛。畢竟誰知道這些人會不會打著送丫鬟的名號，給他送美婢呢？且拋開這一切不談，身為父母官的梁珩也不會無緣無故收別人送的東西，更何況是人了。

梁珩整整買了十餘天的菜，這項工作才由趕來的趙氏接手。

十餘天後，趙氏才和沈宴一起趕到江寧，不過這天梁珩下鄉去了，只有沈蓁蓁在家。

沈宴他們帶來的東西足足裝了三輛馬車，幫忙搬運東西的衙役都驚呆了，這大舅哥來了不少次，怎麼這次這麼大的陣仗啊？

由於懷孕前三個月不宜讓外人知曉，所以一眾衙役們，並不知道縣令夫人有孕了。

沈宴打開院門，就見沈蓁蓁獨自坐在院中曬太陽，院中還支著幾根竹竿，上頭曬著被子。

沈宴讓到一邊，讓趙氏先進去。

「蓁蓁！」

沈蓁蓁正眯眼休息，突然聽到有人叫她，立刻驚醒過來，轉過頭，就見趙氏和沈宴站在院門口。

沈蓁蓁驚喜地站起身來。「娘、大哥！」

趙氏被沈蓁蓁的動作嚇了一跳，忙叫道：「哎喲，慢點、慢點！」

沈蓁蓁笑了笑。「沒事。」

趙氏和沈宴走過來，後面搬東西的人也進來了，給沈蓁蓁問了好，又問東西要放在哪兒。

沈蓁蓁指了指左邊的耳房。「放在那間房裡吧！」

沈蓁蓁招呼趙氏和沈宴坐下，進廚房去給兩人倒水。

「娘，你們這一路還順利吧？」

趙氏連連點頭。「順利、順利，珩兒呢？」

「不是要收稻穀了嗎？所以夫君下鄉去了。」

趙氏點點頭，絲毫沒有因為第一時間看不到兒子而失望，畢竟看到有了身孕的兒媳婦，比看到兒子更高興。

「如意和菱兒她們進京去了。」

沈蓁蓁點點頭，她已經知道了。

三人說了大半晌的話，幾個衙役和沈家的夥計還在不停地搬東西進來，沈蓁蓁不由驚訝。

「怎麼帶了這麼多東西過來？」

「娘給妳準備了不少東西，有補品、衣裳、布疋，還讓我交代妳，有了身孕要少拿針，傷眼睛，孩子的衣裳和小鞋子什麼的，娘和妳兩個嫂嫂會做。可惜娘她坐不了船，不然也跟著我們來了。」

沈蓁蓁連連點頭。

天下父母心，她自己懷了身孕才知道，每個父母都想把天下最好的東西給孩子。

趙氏見沈蓁蓁有些傷感，忙道：「沒事、沒事，等孩子生下來了，娘陪妳回家去住幾天。」

沈蓁蓁連連點頭，到時是得回去看看。

沈宴坐沒多久就走了，上次收走的繡品早就賣完了，他得去看看這次繡出多少了。

「蓁兒，大夫說幾個月了？」

趙氏是真高興啊！雖然梁珩才成親幾個月，但是成親的日子太晚了，別人家像梁珩這種年紀的，孩子都不知有多大了，何況梁珩還是老梁家的獨苗，趙氏早就著急了。

「兩個多月了。」沈蓁蓁說著，低頭看了看掩在衣衫下、已經有些微微凸起的肚子。

趙氏樂得合不攏嘴，還有八個月，她就能抱上孫子了。

梁珩回來時，趙氏正在廚房做飯，沈蓁蓁則回房休息。

自從她有了身孕後就比較嗜睡，趙氏擔心她在院中著涼，便讓她回房躺下。

梁珩聽到廚房的動靜，還以為是沈蓁蓁在做飯，連忙進了廚房，見是他娘正在炒菜。

「娘，您來了？」梁珩驚喜地叫了一聲。

趙氏聽到聲音，抬起頭來，看到站在門口的兒子，壯了些，也黑了不少。

「珩兒！」

畢竟好幾個月沒看到兒子了，說不想念是假的。

梁珩見趙氏抹了抹眼淚，連忙走上前，輕輕摟了摟他娘。

「娘，您別哭啊！您看，您現在連孫兒都有了，多好啊！」

梁珩一提到孩子，趙氏又高興起來了。

「娘就是太高興了。」趙氏擦了擦眼角，又連忙將梁珩推出廚房。如今梁珩和以往不一樣了，可不能再像以前那樣隨意進出廚房，傳出去讓人笑話。

不過趙氏不知道的是，梁大縣令已經做了快半個月的飯，幾乎全縣百姓都知道梁縣令在家做飯的事。

當天晚上，一家人吃了團圓飯。

沈蓁蓁有了身孕後就喜歡吃酸的，於是梁珩買了很多酸菜，加上趙氏炒的菜味道極好，沈蓁蓁吃了一碗後，還想再吃，趙氏卻不讓她吃了。

「這有了身孕啊！一頓要少吃一些，晚上蓁蓁要是餓了，娘再做給妳。」

長輩畢竟比他們有經驗，沈蓁蓁聽了趙氏的話，放下了碗。

糧食一收上來，百姓就要交糧稅了，梁珩又忙了一陣子，不過如今他娘來了，他便能放心下鄉去了。

離縣城最遠的幾個鎮的百姓驚喜地知道了一個消息——今年的糧稅，竟然不用自己挑進縣城，衙門的人會來家門口收。

以前每逢交糧稅，這些鎮的百姓半夜就要起來，全家出動，或挑或揹著幾百斤糧食，直走到下午才能到達縣城。每回交一次糧，草鞋都要磨爛一雙，更別提累成什麼樣子。

這是個豐收季，不知道梁縣令他們是從何處得到的糧種，今年的收成比往年還多了兩分。交了糧稅，剩下的糧食，一家人吃一年都吃不完。

這季的糧稅依然和上一季一樣，該收多少是多少，再也沒有什麼損耗糧。糧食進了倉，生活有了保障，百姓終於歡欣鼓舞起來，斷了三年的豐收慶祝會也重新舉辦。

一時間，全縣百姓皆是喜氣洋洋。

可江寧周邊的縣，卻因為乾旱的影響，收成比江寧差，其中就包括了劉致靖所任的赤縣。

劉致靖選擇外放，就是想給百姓造福，但赤縣的情況卻沒有太大的改善，雖說收成不大好，但也餓不死人，劉致靖還是不由沮喪。

因此當他知道江寧縣豐收後，就想去找梁珩問經驗，但一想到那件事，又猶豫了，最後還是沒有親自去江寧，只寫了一封信去請教。

而江寧刺繡在外面銷售得極好，沈宴便和沈蓁蓁商量，給江寧刺繡取個名字，因為江寧屬於淮南，便取名為「淮繡」。

淮繡迅速席捲了全國的刺繡市場，從來沒有一種刺繡如此細膩，色彩如此明豔，很快就成為貴家夫人和小姐的新寵。一時間，各地沈家玉坊裡，只要淮繡有貨，很快就被搶購一空。

沈宴琢磨著，淮繡最重要的就是江寧特有的絲線和染坊，要是這兩樣流傳出去可不行，於是沈宴找到那家絲線坊，花了重金收購。

不得不說，沈宴經商的頭腦絕對是個中翹楚。

隨著時間的推移，沈蓁蓁的肚子逐漸顯懷起來。以前的衣衫大多不能穿了，孕婦忌諱穿外面做的成衣，但沈蓁蓁自己又不能做，便由趙氏給沈蓁蓁做了兩身衣裳。

秋收一過，梁珩也閒了下來。

大夫建議沈蓁蓁平日不能一直休息，要多走走。梁珩也擔心沈蓁蓁整天悶在院子裡難受，沒事時就牽著她上街走走。

江寧縣城的百姓一看到沈蓁蓁的孕肚就明白了，縣令夫人這是有了身孕，都為兩人高興。

沈蓁蓁懷孕後，就變得很能吃，以前一頓吃不下一碗飯，如今吃完飯，還是很餓，家中便準備了很多零嘴，沈蓁蓁每天醒著時，多半都在吃東西。

雖說梁珩每天都會陪沈蓁蓁出去走走，但架不住沈蓁蓁這麼能吃，很快地，沈蓁蓁就變胖起來。

趙氏和梁珩感覺到沈蓁蓁胖了，但懷孕的女子本來就會長胖，也不驚訝，都沒告訴沈蓁蓁，加上沈蓁蓁懷孕後穿的衣裳都是寬鬆的，那模糊的銅鏡照不清她的面容，因此沈蓁蓁並不知道自己變胖了。

沈宴時隔一個多月才過來，看到妹妹時，著實嚇了一跳。

妹妹懷孕後怎麼一下子變得這麼胖？比原先胖了兩倍不止啊！

但是沈宴也沒有告訴她，直到沈蓁蓁發現自己原本纖細的手，漸漸堆滿了肉，這才驚得大叫——

「梁郎！」

梁珩還以為發生了什麼事，慌張地跑進房間，就見沈蓁蓁站在銅鏡前，照個不停。

「蓁兒，怎麼了？」

沈蓁蓁轉過身來，舉起自己的手。

梁珩拉過沈蓁蓁的手，反覆看了，沒發現異常啊！

「手指被夾到了嗎？」

沈蓁蓁張開五指。「梁郎，你看我手上長了這麼多肉！」

原來是這個，梁珩放下了心。

「摸著多舒服啊！沒事。」

沈蓁蓁掐了掐自己的腰，以前一摸就能摸到肋骨，如今已經堆滿了肉。

「我是不是很胖？」

梁珩看著沈蓁蓁胖得有些瞇起的眼睛，使勁搖搖頭。

「娘說女子懷孕時本來就會胖一點，這樣對孩子好，生了孩子就會瘦下來的。」

沈蓁蓁聽梁珩說對孩子好，便不再計較這個了。

梁珩見沈蓁蓁不再糾結，暗自擦了把汗。沈蓁蓁確實胖了不少，上次他抱她都快抱不動了，但是不礙事，她變成怎樣，他都愛。

不過經常來給沈蓁蓁把脈的大夫見沈蓁蓁胖了不少，想著離生孩子還有幾個月，太胖了對之後生孩子不好，便提點了幾句。

沈蓁蓁其實不餓，就是很想吃，聽大夫這麼說，只好忍耐著。

因為懷孕，沈蓁蓁晚上要起夜很多次，梁珩不放心她一個人去，每次都陪著她。

沈蓁蓁見梁珩晚上睡眠不好，白天的精神就不大好，便讓梁珩在屋裡放了一個夜壺，起身時，也儘量不驚醒梁珩。

沈蓁蓁看著幫她倒夜香的縣令大人，不由感慨。幸好外面的人不知道梁縣令是個會為夫人倒夜香的縣令，不然梁珩在外面還有何威信可言？

天氣越來越冷，地上開始結霜了。

這幾個月裡，梁珩除了去見過一次新上任的州牧，便沒有出過江寧，盡可能地陪在沈蓁蓁身邊。

陳氏也經常來看沈蓁蓁，時不時看到梁縣令是如何寵夫人的。

陳氏看在眼裡，不由感慨。

雖然張安和對她尊重、客氣，但是陳氏知道，那是因為張安和對她有一份責任感，情愛什麼的就別提了。

陳氏扶著沈蓁蓁在院中慢走，問道：「夫人，您可準備好請哪個穩婆了？」

沈蓁蓁道：「我娘帶信來說，穩婆他們已經請好了，提前一個月就會送過來。」

陳氏勸道：「最好這邊也準備一個。」以防出什麼意外。只是這句話，陳氏沒有說出來，太不吉利。

沈蓁蓁明白陳氏的意思，點點頭道：「我娘也是這麼說的，姊姊知道哪裡有靠得住的穩婆？」

陳氏便列了兩個。「這都是江寧最有名的穩婆，夫人若是想請她們，我去替夫人請。」

「請一個就好，麻煩姊姊了。」

陳氏笑了笑。「夫人就別跟我客氣了。」

沈蓁蓁多次想讓陳氏直接稱呼她為妹妹，但是陳氏不肯，說這樣太失禮。相處這麼久，陳氏是什麼樣的性子，沈蓁蓁也清楚。陳氏雖然出身市井，但是並不市儈，心思通透，人也實誠。雖然兩人年紀相差甚遠，但因陳氏經歷得多，說話、做事都極有分寸，所以和陳氏相處，沈蓁蓁覺得很舒服。

初雪下了，年關也到了，梁珩又忙了起來。

不得不說，梁珩到任後，江寧縣的治安就變得非常好，雖然沒有到夜不閉戶的地步，但偷雞摸狗的事卻很少發生了。

這段時間，沈蓁蓁胖了不少，穿得也多，看起來圓滾滾的。

梁珩一家人在江寧縣過了第一個年，平淡卻極溫馨。

大年三十那晚，因為沈蓁蓁想看煙火，梁珩陪她站在院裡看。一朵又一朵的煙花在空中綻開，落下的星星點點都是美好，灑在江寧這片安寧幸福的土地上。

「明年就是三個人看了。」

沈蓁蓁摸了摸肚子，抬頭笑著對梁珩道。

梁珩緊了緊摟著沈蓁蓁的手，低頭看著沈蓁蓁的肚子，忍不住微笑起來。

因為擔心沈蓁蓁凍著了，兩人看了一會兒便回房。

次日，梁珩掃完院中的雪，打開後衙的後門，想將院門前的雪也掃乾淨，誰知剛打開門，便見到門前站了不少百姓，手裡都提著籃子。

百姓們見手裡拿著竹掃帚的梁縣令開門，齊齊跟梁珩說了拜年的吉祥話。

梁珩一見這陣仗，還有些愣神，片刻就反應過來了，百姓這是在給他拜年呢！

大清早冷得很，也不知道這些百姓站了多久？

他將手裡的掃帚放下，走出院門，朝百姓拱手一拜。

「多謝各位鄉親惦念著我，也給鄉親們拜年了。」

百姓們連連擺手說使不得。

梁珩又請百姓們進去喝口熱茶，暖暖身子。

百姓們只是來給梁珩拜年，況且他們這麼多人，進去不就要麻煩到梁縣令一家嗎？遂不肯進，只將手裡的籃子遞給梁珩，裡面裝了一些年糕、大白菜，都是尋常之物，卻讓梁珩紅了眼眶。

「鄉親們的心意我收下了，多謝鄉親們，但是東西我不能收，大家帶回去，都過個熱鬧年。」

百姓們來時就想過梁縣令可能不會收，但這會兒見他真的不收，心裡都不由有些失望。

「縣官老爺，這都是我們的一點心意，不是什麼貴重的東西，請您別嫌棄。」

梁珩連連擺手。「鄉親們說哪兒的話，大家的心意我收下了……」

院裡趙氏聽到院外的動靜，見兒子為難，走出院門，笑著對街上的鄉親道：「到時候我孫兒滿百日，百家線和百家衣，一定會上門麻煩鄉親們的。」

百姓一聽，好啊！總算可以為梁縣令做點什麼了，至於手上這些東西，依梁縣令的作風，確實不大可能收，就不為難他了。

百姓們又跟趙氏和梁珩道賀，這才離去。

冰雪消融，春風過境，吹綠了淮河兩岸。

不管世事如何變化，靠土地生存的百姓，又開始新一輪的春忙。

沈蓁蓁肚裡的孩子也平安地一天天長大，但她長胖了不止一輪，更顯得肚子大得誇張。

趙氏看著既高興，又有些擔心。沈蓁蓁這是第一胎，孩子要是太大，生的時候會很危險。

淮繡的產量也穩定下來，做得越來越精緻，有的姑娘開始嘗試繡大幅的屏風。

沈宴也越來越忙，上一次來江寧時，還帶來了如意和黃梵寫的信。如意知道小姐有了身孕，高興得不得了，信中字字句句都能看得出歡喜，還說了菱兒的事，說已經請了女西席教導菱兒認字。

黃梵的信就穩重得多，表達了祝賀，接著又說起正事，說如今「飲一杯無」的生意很好。

「不知道黃梵在哪裡認識了個酒商，店裡如今有了招牌酒，生意紅火。」說著沈宴掏出幾張銀票，遞給沈蓁蓁。「黃梵說這是給妹妹妳的分紅。」

沈蓁蓁接了過來，一百兩的面額，一共六張。

沈蓁蓁笑了笑。她當時只是想給黃梵開拓一條路，如今黃梵能獨當一面，她收下這銀子，就是對黃梵最大的鼓勵。

沈宴道：「我覺得黃梵這孩子很有經商頭腦，如今酒樓的生意比以前好太多了。」

沈蓁蓁笑道：「當時我剛接手酒樓，就想著帶梵兒去見見那些供貨的商家，讓他學一學，沒承想梵兒像是天生就會一樣，說起話來老練沈穩得很。」

「我看那孩子重情重義，又有個精明的頭腦，以後會有什麼成就也未可知。」

沈宴每一次匆匆來，又匆匆地走，如今淮繡有了規模，放在沈家玉坊裡賣顯然不適合，沈宴便在許多大城裡開了繡樓，生意非常好。

原本沈蓁蓁的二哥在涼州負責製作玉器，如今也像沈宴一樣，四處奔波，開拓刺繡這一片新疆土，也抽空來江寧看過沈蓁蓁。

沈宴下一次來時，沈蓁蓁已經懷孕八月有餘了。這一次，沈宴除了帶來一個穩婆，還帶來一袋所有人從未見過的東西。

沈宴來時，梁珩正好在前衙，聽說大舅哥來了，連忙回家。

「大哥。」

沈宴正坐在院子裡喝茶，轉過頭，就見梁珩從外面快步走進來。

「蓁兒呢？」梁珩見沈蓁蓁不在院中，問道。

「李穩婆正在給妹妹看胎位呢！」沈宴道。

梁珩知道沈宴會帶穩婆過來的事，所以不驚訝，這會兒不好進房，便跟沈宴一起坐了下來。

那寶榮堂的大夫說過，沈蓁蓁是頭胎，又有些過胖，平時更應注意，利於生產。雖然大夫說得隱晦，但自古女人生孩子就是過一遭鬼門關，梁珩還是禁不住擔心。

半晌後，一個中年女人扶著沈蓁蓁從房裡出來。

「梁郎。」

梁珩站起身，兩步迎了上去，扶住沈蓁蓁。

穩婆給梁珩見禮，說沈蓁蓁胎位很正，沒什麼問題。

梁珩和沈宴兩人聽了，都稍稍鬆了口氣。

接著沈宴神秘地拉著梁珩到一旁，地上放了一袋裝得鼓鼓囊囊的麻袋。

「大哥，這是？」

「打開看看。」

梁珩蹲下身，將麻袋扶正，解開袋口，就見裡面裝了一些黃色的顆粒，看著像是黃玉，又不大像。

梁珩抓起一把，出乎意料的輕，絕不是玉。

「這是什麼？」

沈宴神秘地笑了笑，道：「這次去進貨，遇上一個番商，他跟我說這是糧食，非常多產，且容易種植，也不大挑地。」

梁珩不禁一挑眉。這是糧食？怎麼從來沒見過？

沈宴道：「我想著如今妹婿是一縣縣令，若這東西真是多產的糧食，種好了，就是天大的政績，我就買下來了。」

多產又好種的糧食，若是真的，這種子不知能救多少百姓的命。要知道，江淮自古是富庶之地，江寧的百姓都能被貪官逼得活不下去，那其他地方的百姓，不知生活在怎樣的水深火熱之中。

沈宴見梁珩半晌沒說話，還以為他在猶豫，便勸道：「試一試吧！若是那番商說的是真的呢？就算是假的，也沒什麼損失。」

梁珩不是猶豫，他是想到這黃燦燦的小種子或許可以造福大齊的子孫萬代，震驚得說不出話來。

就算千萬中只有一分的希望，也值得一試。

「可是這要怎麼種呢？」梁珩捏起一粒，反覆看了看，問道。

「那番商說把它丟進土裡，它自己就能長大。」

「這麼簡單？」梁珩不由驚訝。

沈宴撓了撓頭。「上次我在蘇州時，見那邊的百姓會將草木燒成灰做肥料，不如我們也試試？」

梁珩不敢冒險，決定先種半袋看看。

他請來江寧附近鎮上比較有經驗的老農，又請了幾個百姓幫忙翻地。

聽說梁縣令請他們幫忙，誰都沒有推辭，立刻帶上農具、拉著耕牛來了。

幾人由衙役領到官府的土地旁，就見梁縣令和一個年輕男人等著他們。

幾個中年模樣的男人給梁珩見過禮後，馬上給牛套上犁翻地。

梁珩將那黃燦燦的種子拿給兩個老農看，問他們覺得這東西怎麼種才好？

兩個老農活了六十多年，都沒見過這東西，不由面面相覷。見都沒見過，更別提知道怎麼種了。

梁珩見兩人搖頭，不由有些失望。

若種在土裡，不知道能不能長出苗來？萬一是像稻穀那樣，種在田裡的呢？

「不如種一些在土裡，再種一些在田裡。」沈宴聽了梁珩的顧慮，便道。

梁珩一想也是，土裡和田裡都種了，總有一邊能試出結果吧！

雖然不認識這東西，但老農還是以多年種糧食的經驗，將這種子種下，再撒上一層草木灰。

看著沒多少的半袋種子，足足種了四畝地才種完。

種好之後，幾個百姓怎麼都不肯要梁珩給的工錢，各自回家去了。

百姓離去後，梁珩站在地邊，盼望這片種滿未知種子的土地，能長出希望的苗。

兩人回去時，天色已經有些黑了，沈蓁蓁要按時吃飯，已經先吃過了，梁珩和沈宴便在廚房裡將就吃了點。

次日，梁珩又請人在一塊田裡種了那種子，由於是試種，只種了一塊田。

接下來的日子，梁珩除了要在衙門辦公，每天出城去官地裡看看那種子的情況，也成了他的例行公事。

日子一天天過去，不管是地裡還是田裡，種子都毫無動靜，梁珩不由大為失望。

沈蓁蓁很快就要生了，梁珩更不敢隨意下鄉，就算有什麼事，只能請張安和跑一趟。

這天，梁珩正坐在衙門裡寫公文。

春耕完了，須將春耕的情況一一寫上，上報上去。因梁珩覺得王彥寫的情況不是很準確，有些像是隨意交代差事，就讓王彥修改了兩次。

王彥沒跟梁珩下過鄉，鄉下實際的情況，他也不知道，心想梁縣令不是存心為難他嗎？梁珩讓他拿回去修改，王彥雖拿了回去，到了時間又將原件交給梁珩。

梁珩心裡有數，不再和王彥多說，自己提筆寫了起來。

他正寫著，就見孫志跑得上氣不接下氣地進了大堂。

「大人！」

梁珩見一向穩重的孫志如此失態，不禁微微皺眉。「怎麼了？」

孫志喘了兩口粗氣，緩過來才道：「苗長出來了！」

「苗？你是說官田裡的苗？」梁珩激動得霍地站起身。

孫志連連點頭，就見素來穩重的梁縣令一甩衣襬，沒等他反應過來，疾步往衙門外跑去。

雖然衙役們都不知道梁縣令在那地裡種了什麼寶貝，但見梁縣令每日必去地裡察看，也明白那東西對梁縣令肯定很重要。

但是梁縣令一連去了很多天，每次滿懷希望而去，又失望而歸，堅持了大半個月，地裡什麼都沒長出來，梁縣令便漸漸不再去了。

附近的百姓看梁縣令不再去了，都幫他盯著。今天早上也例行到官地旁邊瞅了瞅，本以為不會有什麼變化，沒想到地裡竟一夜之間綠了起來。

一看地裡長出了苗，百姓火速來到衙門，碰見正好從外面回來的孫志，便將此事上報。孫志一聽，不敢耽誤，連忙衝進去報予梁珩。

梁珩一路不顧斯文地小跑，到了田地，遠遠就見官地旁圍了一群百姓。

百姓見梁珩來了，皆給梁珩行禮。

梁珩胡亂擺擺手，盯著地裡那一片他以為沒希望了，如今卻冒出頭的青青小苗。

天朗氣清，惠風和暢，已是人間四月。

官地裡的小苗長得越發茂盛，長出幾片彎彎細細的葉子。

因為之前種的時候，一個坑裡丟了三、五顆種子，所以地裡的苗長得很密。梁珩聽了百姓的建議，請人將長得密的苗勻了，移栽了兩畝地，又請人挑肥去地裡澆灌。

沈蓁蓁的肚子越發大了起來，算算日子，這幾天就要生了，不僅兩個穩婆嚴陣以待，就連經常給沈蓁蓁把脈的大夫也準備就緒。

這天中午，梁珩吃過飯後，又下地去看那幾畝寶貝青苗。

百姓們見梁珩這麼重視那幾片青苗，都很好奇是種了什麼？

只是這種子到底是不是糧食、多不多產，還待時間驗證，便誰也沒說。

梁珩像往常一樣，到地裡待了一會兒，有幾個路過的百姓停下來和梁珩打招呼。

梁珩正在跟鄉親說話，就見孫志騎著馬，不要命地奔馳而來，嘴裡大呼道：「梁大人，您快回去，夫人要生了！」

梁珩一聽，愣住了，待回過神來，拔腿就跑。

早上還好好的，一點生的跡象都沒有，沈蓁蓁還吃了兩碗飯，沒想到他才剛出來，就要生了！

孫志騎馬追上梁珩。「大人，我帶您回去！」

孫志將梁珩拉上馬，一路快馬加鞭，不消兩刻鐘就趕回縣衙。

梁珩下馬，往後衙疾奔而去，還沒到後院，就聽到裡面傳來呼痛的聲音。

梁珩更著急了，立刻推開院門，就見一個穩婆扶著沈蓁蓁在院中走路，趙氏則面色著急地站在一旁。

「蓁兒！」

沈蓁蓁見梁珩回來了，輕輕叫了聲。「梁郎。」

梁珩聽沈蓁蓁帶著哭音的聲音，快步走近，扶住她另一隻手。

穩婆見梁珩來了，便收回手。

沈家送來的穩婆道：「孩子有些大，產前走一走，利於生產。」

梁珩點點頭，扶著沈蓁蓁在院中慢慢走。

剛剛梁珩還沒回來，沈蓁蓁都能咬牙忍著，這會兒梁珩回來了，沈蓁蓁只感覺那一陣陣的劇痛再也忍不住，痛得直想哭。

梁珩見沈蓁蓁彷彿很疼，連呼吸都放得很輕。

沈蓁蓁前世、今生都是第一次生孩子，忍不住心生懼意，緊緊握著梁珩的手。後來，她實在疼得走不動了，穩婆便扶著她進房間。

到了房門口，梁珩想跟進去，被攔住了。

穩婆道：「大人就在外面等吧！這產房，男子不能進去。」

趙氏也拉住梁珩，道：「珩兒在外面等吧！裡面有娘呢！」

沈蓁蓁轉過身，見穩婆關上門，梁珩緩緩消失在視線裡，不由感到一陣害怕。

很快地，寶榮堂的大夫也來了，梁珩讓大夫在院中坐著，自己則焦灼地等在門外，完全忘了要給大夫上茶。

這一生，就生到了傍晚，還是沒有生下來，梁珩的心也越來越沈。

大夫倒是見多識廣，女人生孩子，生個三天三夜也屬正常，只要沒發生別的意外就好。

沈蓁蓁痛了一天，已經快要麻木了，隨著時間的流逝，感覺到自己越來越乏力，只想好好休息。

兩個穩婆不知接生過多少孩子，但這胎兒實在太大，縣令夫人又是頭胎，雖然前面該做的準備都做了，可情況依然不大妙。

兩人的心皆往下沈。

趙氏見沈蓁蓁得補充力氣，便出了房，打算去熬人參湯。

梁珩好不容易見他娘出來，忙問道：「怎麼樣，娘？」

趙氏看了兒子一眼。「不要著急，要生出來還早得很呢！當年我生你的時候，可是生了一天一夜。」

梁珩聽趙氏這麼說，一直懸著的心才稍稍放下一些，可孩子還沒生出來，到底著急。

趙氏很快就熬好一碗人參湯，端著進房。

沈蓁蓁勉強喝了兩口，感覺到一股暖意自腹中升騰而起。

略休息了一會兒，她感覺到腹中又傳來一陣劇痛，忍不住叫出聲。

梁珩在外面站了半天，雙腳早已麻木，卻毫不自知。

寶榮堂的大夫也在院中坐了半天，梁珩焦灼得六神無主，沒想起要招待他，大夫肚中早就餓得直響，別說飯了，從進門到現在，茶都沒有喝一口。

但也能夠理解，大夫見梁珩著急上火的模樣，大概不會想到他了，便自行走進梁家的廚房，給自己倒了一杯水，又順手給梁珩倒了一杯。

產房裡的情況，遠沒有趙氏說得那樣輕鬆，沈蓁蓁已經痛得昏了過去，勉強叫醒，又昏睡了。

這樣可不妙，沈蓁蓁的羊水已經破了，再不生出來，兩個穩婆都知曉厲害，這樣下去，只怕孩子不保。

裡面傳來好幾次叫沈蓁蓁醒過來的聲音，梁珩再也無法在外面乾等，推開門就闖了進去，將裡面的人都嚇了一跳。

最先反應過來的是趙氏。

「珩兒，你不能進來，快出去！」

梁珩幾步走近，不管趙氏和穩婆怎麼說，就是不出去。

「蓁兒、蓁兒！」

他將沈蓁蓁臉上的頭髮拂開，輕輕拍了拍她的臉。

沈蓁蓁感覺自己好像負重趕了很久的路，累得雙腿麻木，喘不上氣，好不容易停下來休息，就聽到一道熟悉的聲音。

「蓁兒、蓁兒！」

梁珩在叫她！

沈蓁蓁霍地驚醒過來，看見梁珩湊到她眼前的臉。

「梁郎……」

梁珩見沈蓁蓁醒了過來，一把拉住她的手，驚喜交加。「我在這裡。」

「梁郎，我好痛……」

梁珩聽著沈蓁蓁氣息微弱的聲音，眼淚忍不住流了下來。

「蓁兒，孩子就快出來了，再堅持一下，很快就好了。」梁珩緊緊握著沈蓁蓁的手，心裡忍不住恨起自己，是自己讓她這麼痛的。

沈蓁蓁微微點頭，趙氏見狀，沒再叫梁珩出去，當然這會兒也叫不出去了。

她將剩下的人參湯端來，梁珩接過去，扶起沈蓁蓁，餵她喝下。

這是沈家專門為沈蓁蓁生孩子這天備下的百年老參，沈蓁蓁一喝下去，就感覺到四肢又有了力氣。

她能堅持到現在，這人參功不可沒。

又是一輪陣痛，梁珩看著沈蓁蓁痛得扭曲的臉，心裡更痛，暗自發誓，以後絕不讓沈蓁蓁再承受一次這樣的痛苦。

沈蓁蓁緊緊拉著梁珩的手，聽著穩婆的指示，一陣一陣地用力。

「頭出來了！」穩婆驚喜地叫道。

生了一天都毫無動靜，這會兒終於有了好消息，一旁的趙氏忍不住唸了聲。「阿彌陀佛！」

「蓁兒，再加把勁，孩子就要出來了！」

沈蓁蓁拚盡最後的力氣，使勁將孩子往外一擠。

「出來了、出來了！是個大胖小子！這孩子真壯實！」

聽著孩子嘹亮的哭聲，支撐著沈蓁蓁沒有昏睡過去。

穩婆將孩子抱了過來，是個渾身通紅的胖小子，緊閉著雙眼，正張嘴大哭，還不停地蹬著腿。

沈蓁蓁看著剛出世的孩子，不自覺流下眼淚。

梁珩雙手接過這個小生命，碰觸到小小的身體時，忍不住渾身戰慄。

這是他的孩子，是沈蓁蓁為他生的孩子啊！

「蓁兒，妳看，我們的孩子。」梁珩小心地將孩子抱到沈蓁蓁眼前。

沈蓁蓁看著他，清晰地感覺到母子的血脈相連。她忍不住微笑，笑中閃著淚花，伸手輕輕摸了摸他通紅的小臉，卻驚動了孩子，他強壯的四肢揮舞起來，哭聲也一聲高過一聲。

房裡的人都笑了起來。

「這個大胖小子足足有八斤呢！看把他娘折騰得這麼辛苦。」

穩婆秤了秤孩子的重量，忍不住笑了起來。

梁夫人真是好命，自她接生以來，遇上很多八斤的孩子都難產，她們都捏著一把冷汗，沒想到還算順利生下來了。

趙氏也是喜極而泣，終於抱上大胖孫子了。突然，她想起一件事，提醒狂喜中的梁珩道：「珩兒，快給孩子取名字！」

沈蓁蓁一聽，也打起精神，看向梁珩。

梁珩沈思片刻，對沈蓁蓁道：「孩子出身在春天，天朗氣清，惠風和暢，就叫梁和暢。不求他高官厚祿，但求他這一生安穩和暢即可，蓁兒，妳看呢？」

沈蓁蓁笑了笑。「探花郎取的名字，自然最好不過。」

生了小和暢以後，沈蓁蓁開始坐起了月子，梁珩也寫了信，分別寄去涼州、京城和赤縣。

沈蓁蓁奶水很足，不想請奶娘，便自己餵奶。

小和暢一點都不像他爹那麼纖瘦，生下來就胖乎乎的，也很能吃，每天吃完就睡，從來不哭，十分省心。

沈家那邊收到消息，都高興壞了，又讓沈宴帶來不少東西。

沈蓁蓁出月子的時候，沒有擺滿月酒，本來想自己一家人吃個飯就算了，沒承想張安和夫婦帶著禮品來了。

陳氏對沈蓁蓁照顧頗多，兩人如今像是閨中密友一般；而梁珩和張安和的關係雖是上下級，但也算是一起共患難的朋友了。

梁珩一家見張安和夫婦來了，並沒有太驚訝，忙招呼起來。

「夫人，這麼重要的日子，您竟然不告訴我們。」陳氏笑著埋怨道。

沈蓁蓁在月子裡吃得很好，又長胖了些，懷中抱著同樣胖乎乎的兒子。小和暢穿著一身喜慶的大紅小褂子，脖子上戴著小小的金項圈，頭上的胎毛濃密黑亮，睡得正熟。

「這不是怕麻煩姊姊嗎？姊姊來了，心意就到了，還帶什麼東西？」沈蓁蓁笑道。

趙氏接過陳氏手裡的東西，笑稱他們太客氣了。

陳氏伸手抱過沈蓁蓁懷裡的和暢。「喲，小公子長得真快，像三個月的孩子了。」

「暢兒最會吃，沒多久又餓了。」

陳氏笑道：「小公子是有福氣的。」

梁珩這邊，跟張安和說起剛上任幾個月的州牧杜延生。

他上次去見他，杜延生沒像之前何庭堅那樣給他坐冷板凳，而是熱情地接待了他。

「這杜州牧聽說是京城人士，並非寒門出身。」

梁珩並不知道這些，只是上次杜州牧給他留下不錯的印象，待人親和，言語也謙遜，不大像出身高門。

兩人略喝了兩杯酒，梁珩酒量依然不大好，不敢多喝。

飯畢，張安和夫妻又略坐了一會兒，這才告辭。

梁珩從沈蓁蓁懷裡接過熟睡的兒子，親了親他胖嘟嘟的小臉，笑道：「就沒怎麼見暢兒睡醒過，醒了就吃，吃了又睡的。」

趙氏正在收拾碗筷，聞言道：「剛生下來的孩子都是這樣，再大一點就好了。」

梁珩低頭看向兒子，熟睡的小和暢好像在吃奶一樣，嘴不停地咂著，偶爾還吐著泡泡，看得他的心都化了。

梁珩抱著兒子後，就捨不得放下，每天依依不捨地去前衙辦公，一散卯就一刻不耽誤地趕回家，抱他的親兒子。

沈蓁蓁見梁珩看兒子看得移不開眼，不由感慨。梁珩對自己的寵愛，從此要被兒子分去不少了。

沈蓁蓁出了月子後，想給趙氏幫忙，趙氏卻不讓她做。

沈蓁蓁抬起胖乎乎的手，對趙氏道：「娘，您讓我動一動吧！您看，我現在這麼胖。」

趙氏道：「胖些有福氣。」雖然沈蓁蓁真胖了不少，但還是不讓她做。

沈蓁蓁一臉無奈。

晚上，沈蓁蓁將小和暢放在一旁的小床上，上床躺下。

梁珩勉強才將沈蓁蓁摟進懷裡，以前他能輕易將她摟在臂彎裡，如今沈蓁蓁胖了，一隻手抱不了了。

自從沈蓁蓁懷孕後，梁珩不敢亂來，怕傷著孩子。有時候沈蓁蓁看著梁珩憋得難受很心疼，卻又無計可施。

所以今夜，憋了許久的梁珩終於爆發了。

第二十二章

時間過得很快，小和暢快滿百日了，要給小和暢縫百家衣。江寧的百姓一早就準備碎布，卻不是隨意找的碎布，都是去布店裡扯的新布，剪下一塊，送給上門求布的趙氏。

小和暢百日這天，除了特地趕來的兩個舅舅，還收到了幾份禮品。黃梵託人帶來一個金項圈，如意則做了好幾件小衣裳和幾雙小鞋子，易旭則託人帶來一副珍貴的文房四寶。

至於近在赤縣的劉致靖，則派人送來一個金製長命鎖。

雖然梁珩有邀請劉致靖，但劉致靖派來的人致歉說劉致靖有事走不開，梁珩雖有些失望，但劉致靖畢竟是一縣縣令，走不開也是沒辦法的事。

百日酒依然沒有大肆操辦，城裡富戶得到消息，皆送來禮品，梁珩一一謝過，卻都沒有收下。

日子一天天過去，小和暢長得很快，不再像小時候那樣嗜睡，整天興致勃勃地在房間裡爬來爬去。

沈蓁蓁心疼兒子，便在地上鋪上了地毯。

隨著小和暢一起長大的，還有地裡的苗，已經結出了果實。

梁珩一開始以為最上面開的花謝了就是糧食，沒想到那花開了以後，沒多久就萎謝了，絲毫不見糧食的影子。

梁珩耐著性子等，都說種瓜得瓜，這黃色的種子種下去，一定會長出黃色的果實。果然，在稈中間的位置，本來有一個不大起眼的小苞，慢慢地長大了。

梁珩猜想，這應該就是果實了。

到了七月，梁珩見田裡的稻穀都成熟了，想著這作物應該也差不多了，便摘了兩根下來。

剝開外頭一層層綠色的殼，露出長滿一排排種子的棒子，種子是淡黃色的，和種下去的種子不大一樣，顯然還沒成熟，但是顆粒已經差不多大了。

梁珩帶了兩根回家，準備試試。

煮熟後，他不敢讓沈蓁蓁她們吃，自己先當了白老鼠。

入口十分軟糯，竟是意外地好吃。梁珩又吃了幾口，等了半晌，見沒有出現別的異狀，這才將整根吃完。

十分有飽足感，味道也極為鮮美，果然如那番商所說，是能吃的糧食，且當初不過種下一粒種子，這其間也沒費什麼勁，就能長出一整根的糧食來。

梁珩摘了兩根後，就沒再摘過，一直等到八月，秸稈都枯黃了，這次不用那些有經驗的百姓提醒，梁珩也知道，這果實肯定成熟了。

梁珩又摘下一根，剝開一看，果然，種子都變成金黃色的。

被請來幫忙的百姓，看著這奇形怪狀的東西，都無從下手，梁珩便親自為他們示範怎麼剝殼。

百姓們都迷茫了，縣令到底種了什麼？

他們伸手一掐，還硬邦邦的，這能吃嗎？

梁珩上次煮的時候，就知道能吃的是那一排排金黃色的顆粒，裡面的硬棒子是不能吃的。

於是，上百個百姓坐在官倉前剝了一天的黃色顆粒，梁珩看著堆滿官倉前的金黃色種子，已經能想像，這小小的果實能養活多少百姓。

圍觀的百姓七嘴八舌地談論起來，他們沒想到這模樣奇怪的東西，竟真能吃？

他們討論了許多食用的方法，在眾多法子中，梁珩覺得有一個不錯，就是像麥子一樣磨成粉。

既是要磨成粉，就得先曬乾。

晾曬的這幾天，百姓架不住好奇，畢竟這是個新鮮事物，每天都有百姓過來問，今天縣令大人去磨粉了嗎？

梁珩也有些著急，好不容易等到它乾了，用簸箕裝了一些，後面跟著一群看熱鬧的百姓，來到了磨坊。

拉磨的驢子和往常一樣，繞著石磨轉起了圈，牠不知道，牠將成為大齊第一頭功驢！

一開始磨出來的粉有些粗糙，再磨一遍就變細了。

距離磨坊最近的一百姓家裡，百姓們將信將疑地將一小塊做好的金黃的餅，放進了嘴裡。

不同於其他糧食，這餅有一股獨特的味道。有的百姓很喜歡，有的百姓嫌它有點粗糙，沒有大米那麼細膩。

但是，這是能吃的糧食，還好種又多產，根本是天上掉下來的禮物。

梁珩迅速將發現這糧食的事，寫成公文呈報上去。

杜延生收到梁珩的公文時，大吃一驚。

這梁珩怎麼又弄了這麼大的事出來？發現新的糧食作物，對大齊來說，意味著什麼，不言而喻，這事一旦是真的，將震驚朝野！

於是杜延生親自來到江寧，查驗真偽。

當他看到官倉一角堆積如山的金黃色顆粒後，猛然倒抽一口氣。

待他吃完梁珩端來用那黃色顆粒做成的餅，便立刻帶著樣種，馬不停蹄地回到汴城。

杜延生正提筆寫著新作物的事，幕僚侯宇中上前來，輕聲問道：「主公，您真的要將梁縣令的名字寫上去嗎？」

杜延生筆下一頓，立刻就明白幕僚的意思。

杜延生冷冷說了句。「你想讓我成為下一個何庭堅嗎？」

侯宇中驚愕不已。「大人？」

梁縣令不過是沒什麼根基的小縣令罷了，值得杜大人如此忌諱？

杜延生不再言語，心中卻想這侯宇中是個目光短淺的，不堪大用。

上次梁珩開倉放糧，雖說是為了救民，但私自開倉，死罪可免，活罪難逃，可梁珩什麼事都沒有，說他上面沒人，他杜延生會信？

公文到達京城，已經是三天後。

這天的早朝照常是在卯時開始。

齊策坐在龍椅上，看著下面的大臣，他們或慷慨激昂、口沫橫飛，或縮著脖子、低頭看著自己的腳尖，默不作聲。

雖然爭得激烈，但在齊策看來，都是不痛不癢的小事，事實上，每天爭論不休的，也幾乎都是些小事。

他極力忍著想打哈欠的衝動，這哈欠一旦打出來，不用說，眾臣定會群起而諫之，說他身為一國之君，不可懈怠絲毫云云。眼看著快要結束的早朝，說不定會再往後延一個時辰。

終於，齊策忍不住了，抬起右手，下面滔滔不絕的大臣們好像多長了一隻眼睛，專門注意齊策的一舉一動，見齊策示意，殿內倏地安靜下來。

齊策強打精神道：「沒事就退朝吧！」

「臣有事啟奏！」戶部尚書王邦安站了出來。

齊策伸手揉了揉額頭兩側。「王愛卿有何事？」

王邦安開始說起今年稅收的情況。

齊策坐直身體，凝神聽著。

「南方十八州，稅糧共一千八百萬石；北方十六州，稅糧共八百萬石……」

南方年年都在一千五百萬石以上，北方就不穩定了，雖地廣，但幾十年前的一場旱災，導致上百萬災民逃難到南方。

南方一直風調雨順，那些逃難過去的百姓都在南方定居下來，再不願回北方，致使北方如今地廣人稀。

人口、糧產，這兩樣因素決定一個國家的興衰。

早朝後，齊策起駕回宮。

下午巳時，中書令姚兆匆匆來見齊策，手裡還提著一個麻袋。

只見姚兆滿頭細汗，卻不是走路的關係，實在是手裡的東西太重。

姚兆身為宰相，向來養尊處優，何時提過這麼重的東西？但他實在太激動，一路疾行，竟沒想到要找人幫他提。

齊策一聽是中書令求見，立刻讓內侍請他進來。

姚兆幾步走近，跪倒在地。「臣參見陛下。」

「愛卿請起，愛卿手裡提的是什麼？」

姚兆一進來，齊策就看到他手裡的麻袋。堂堂宰相提著個灰灰的麻袋進宮覲見皇帝，這不大像是平日講究排場的姚兆會做的事。

姚兆沒有正面回答，而是從袖子裡拿出一封公文，呈了上去。

「皇上您看看這個就明白了。」

齊策打開公文，略看一眼，是從汴州傳回來的公文。

他正色看了起來，閱畢，不由大驚失色。

他看向姚兆身邊那不起眼的麻袋。「這就是那新作物？」

姚兆點點頭。

齊策霍地起身，快步往姚兆走來，姚兆立刻將麻袋打開。

齊策抓住麻袋口，往裡一看，只見裡面裝滿金黃色的小穀粒。

他伸手一撈，看著手裡從未見過的飽滿穀粒，一捏，硬邦邦的。

齊策抬頭看向姚兆。「這真的能吃嗎？」

姚兆愣了愣，彎腰將麻袋裡的一個小布包拿出來。「公文上說，這裡面裝了用這作物磨成的粉，加水揉之，烙熟即可食用。」

齊策打開布袋，就見裡面裝滿了金黃色的粉。

「鄭吉！」

在外面候著的鄭吉匆匆進殿，見皇上將一個布袋遞了過來。

「拿到御膳房去，吩咐他們加水揉之，烙熟後送來。」

鄭吉雖不明白姚宰相怎麼突然給皇上送吃的來了，但還是立刻接過齊策手裡的布袋，趕忙退下。

很快地，一大盤金黃色的餅呈了上來，由侍膳內侍嚐過後，齊策才挾起一塊餅，咬了一口。

入口有一股獨特的清香，略有些粗糙，味道卻很不錯。

齊策示意姚兆嚐嚐看。

兩人連吃兩塊，吃完之後，卻都沈默了。

萬沒想到今早還讓齊策頭疼的問題，下午就有了解決之法。上次也是梁珩將天捅破個洞，齊策才能順著收拾江淮一帶的蛀蟲。

而這次，梁珩給他的驚喜更大。

次日卯時，大臣們照常上朝，卻發現今天的皇帝不大一樣，好像格外有精神。

按照往常給皇上行禮後，內侍就該唱「有事起奏，無事退朝」，官員們再開始議論今天的新議題。

而今天行完禮後，內侍毫無動靜，眾大臣頗有些不習慣，但還是準備啟奏。

這時就聽齊策道：「眾愛卿平日為國兢兢業業，恪盡職守，實在是辛苦了。想必眾愛卿還未用過早膳，朕不忍看眾愛卿餓著上朝，特意吩咐御膳房為眾愛卿準備了早膳，眾愛卿吃了再議吧！」

此言一出，眾官員登時懵了。

雖說眾官員都是午夜就起來，直到四更才進入宮門。卯時上朝前，官員們至少等了一個多時辰，但上了一輩子的朝，哪次見過皇上為文武百官準備早膳啊！

皇上今天這是怎麼了？

眾大臣不由面面相覷，御史臺的人也被齊策這突如其來的旨意弄得有些發愣。眾御史正猶豫要不要勸諫，就見十餘個內侍端著食盤魚貫而入。

登時，一股食物的清香瀰漫大殿，勾得不少官員直咽口水。沒辦法，大家都是餓著肚子上朝的。

齊策又吩咐內侍將早膳從大員處開始分發。

眾大員看著端到自己面前的食盤，其上盛著一塊塊金色的餅。

皇上這一定是有深意的，眾人心裡不約而同地想。

只怕這莊嚴肅穆的金鑾殿從建殿以來，從未發生這等文武百官加上皇帝在內，一同用早膳的事。

眾官員見皇上都吃了，明白皇上這是來真的。

後面的小官們見前面的大員都帶頭吃了，也放心地吃起來。

不得不說，御廚的手藝真是好，眾官員吃得有些意猶未盡。

等眾官員吃畢，齊策正襟危坐，將汴州江寧縣發現新作物的事說了。

大殿內頓時一片譁然，眾官員腦中第一個反應就是不相信。

「這怎麼可能?!」

「這……」

梁珩這個名字，在朝中可謂是如雷貫耳，就這麼巧，他又搞出事情？

這其中，以中書侍郎李煥的嘲笑聲最大。

「這梁珩是瘋了不成？新作物是說發現就能發現的嗎？他才上任幾天，真是不知所謂，欺君罔上！」

李煥不是別人，正是被砍頭的李文伯老子。李煥雖然教子無方，畢竟是開朝元老，只是被問責一番，就算揭過去了。

兒子的死，李煥將之算在梁珩的頭上，若不是梁珩作怪，他兒子會死嗎？

等齊策命人將麻布袋拿上來，告訴他們吃的早膳正是此物所做之後，眾大臣驚愕不已，又都沈默了。

事實擺在眼前，誰不信，打誰臉。

另一頭，梁珩並不知朝中因為這新作物掀起了驚濤駭浪，他每天依舊處理公事，還有陪兒子玩耍。

沈蓁蓁生了孩子後，因為餵奶，吃得少了，慢慢瘦了下來，雖然還沒有恢復到從前的樣子，但不至於胖得讓梁珩抱不動。

小和暢長得十分壯實，看起來像是一歲的孩子，他身上穿著羊毛織成的小褂子，手裡拽著撥浪鼓，不停地搖著，樂得咧嘴大笑。

沈蓁蓁在一旁給兒子做冬天的衣裳，不時抬眼看看兒子。

沒兩天，杜延生就帶著一行人，風塵僕僕地趕到了江寧。

得知是朝廷派來的大司農，梁玠沒有耽擱，直接請人到官倉，讓他們看那半倉新作物。

大司農蔣政其實一直心存懷疑，待看到堆積如山的作物後，也不得不信了。

蔣政不由看向眼前這個年輕、不過區區七品的小縣令，他神色極為平靜，一板一眼地跟他講著如何發現、如何種植這新作物的事，似乎根本不知道自己為大齊做了什麼，不知道這個功勞可以讓他加官進爵一般。

蔣政在了解完新作物的一應事宜後，便匆匆離去，帶走的，還有大半倉的新作物。

眼看著蔣政帶了幾大車新作物進京，眾大臣對於這件事的真偽再沒有什麼懷疑，紛紛上奏恭賀齊策，稱這明黃色的新作物，乃是天賜之物，請齊策為之賜名。

梁玠一直沒有給這種子取名的原因也在此，因為他知道，這作物的名字，只能由皇上來取。

大臣們恭維的話，齊策並沒有當真，不過名字確是要賜下去的，於是齊策為之賜名「天黍」，意為「天賜之糧」。

而發現天黍的梁玠，齊策自然有嘉獎。

賜絹千疋、黃金百兩，連擢三級。由於梁玠現在任期未滿，暫時以從五品任縣令，三年任期滿後，酌情調升。

等賞賜到江寧時，已是金秋九月。

劉致靖自然也收到了梁玠發現新作物的消息。

劉致靖最近很忙，他利用農閒，組織百姓四處栽種桑樹，準備明年大力發展百姓養蠶。

男耕女織，他要讓江淮不僅是大齊的糧倉，還要成為織錦重地。

劉致靖替梁珩高興之餘，也不由感慨。

梁珩已經做出那麼大的政績，自己卻還一事無成。從此，他下鄉更勤了，很快地，赤縣栽上了漫山遍野的桑樹。

農忙已過，百姓們也閒了下來。

江寧日益繁華，因為淮繡，也因為良政。

淮繡不僅讓百姓們生活好轉，更讓許多外地商人湧進江寧。

這天，沈蓁蓁正在給兒子餵奶，聽見梁珩的腳步從外面走進來，頭也沒抬。「回來了？」

梁珩輕應一聲，先換了衣裳才走過來。

梁珩蹲下身，看著沈蓁蓁懷中吃奶吃得正香的小和暢，腮幫子撐得鼓鼓的，黑亮的眼睛轉過來看著他。

梁珩看著粉嫩嫩的兒子，心都要融化了，耐心等著兒子吃完奶。

沈蓁蓁看向梁珩，原本如玉的臉，如今曬黑了，不只面容改變了些，連氣質都截然不同了。

如果說成親那會兒，梁珩只是褪去了書生之氣，如今已為人父的他，更是沈穩得像一座滿山青翠的蒼峰。

「梁郎……」

梁珩抬眼看向沈蓁蓁。

「下次大哥來的時候，我想帶著暢兒和大哥回去看看爹娘。」

梁珩不由怔了一下，不是不許，實在是不捨。

「打算去多久？」

「住幾天就回來。」

梁珩雖然不捨，但是暢兒的外祖他們早就想抱抱外孫了，梁珩只能點頭同意。

「劉大哥在赤縣種了那麼多桑樹，明年肯定要養蠶的，正好淮繡如今也要開始用絲綢做底布，梁郎你何不與劉大哥合作？」

梁珩點點頭。「我正有此意。大哥差不多這幾天就會來，蓁兒，妳先收拾好東西，江寧的淮繡也多買些，帶去做……」還沒說完，梁珩就想到淮繡的生意就是大哥在做，家裡怎麼可能少？

沈蓁蓁笑了。「大哥常在這邊，江寧的東西只怕不知道帶回多少了，我給爹娘他們做了衣裳和鞋子，到時候給他們帶回去。」

本來可以帶些天黍過去，只是現在天黍都要用來做種，不能動用。

梁珩低頭親了親抓著他頭髮玩的兒子，將兒子放在地毯上，讓他自己去玩。

沈蓁蓁正想出去幫趙氏做飯，卻被梁珩伸手抱住了。

「梁郎，孩子還在呢！」

「他在，他爹就不能抱他娘了？」梁珩笑道。

「娘之前跟我說，要我們買個丫鬟呢！」沈蓁蓁頭抵在梁珩胸膛上，輕輕說道。

梁珩沈默了一會兒，他早就想買兩個丫鬟，不然請兩個幫傭也行，否則沈蓁蓁和他娘要帶孩子，還要忙家裡的事，實在辛苦。

沈蓁蓁摟住梁珩的腰，輕輕道：「以前我不大想買丫鬟，畢竟孩子我能帶得過來，就是娘她每天做飯，還要洗衣裳，可能有點累。娘她累了大半輩子，現在該享享清福了。」

梁珩聽沈蓁蓁鬆口了，不由大喜。

「蓁兒，妳是同意了？」

沈蓁蓁點點頭。「只是在這裡不好買，現在太平盛世呢！誰家會賣兒賣女？等我回家，看看有沒有乖巧點的丫鬟吧！」

梁珩點點頭。

很快地，趙氏就叫兩人吃飯。

梁珩抱著兒子，跟在沈蓁蓁後面出房。

吃飯時，沈蓁蓁便將想帶著兒子回家去看父母的事說了，趙氏也同意。

沒幾日，被念叨著的沈宴就來了。

沈蓁蓁一說想回去，沈宴自然歡喜，滿口應了下來。家中父母早就盼望女兒帶著外孫回去了。

臨行前夜，房裡響著輕輕的喘息，良久，響動停了下來。

梁珩起身打水替沈蓁蓁擦拭完才又躺下，緊緊抱著她。
明天她就要帶著兒子回娘家去了。
沈蓁蓁也極為不捨，自從兩人成親後，除了那次梁珩被關，兩人就沒分開過一天。
她緊緊地回抱梁珩，鼻尖縈繞著熟悉又依賴的氣息。
「蓁兒，妳要快些回來。」梁珩將臉埋在沈蓁蓁的髮間，聲音有些沙啞。
沈蓁蓁聽著梁珩話裡的眷念，有些不想離開他了，可梁珩不能擅自離開江寧，她也不能不回家看望父母。
兩人說了良久的話，才相擁睡去。
隔天，沈蓁蓁最後檢查了遍行李，除去禮品，就是她和兒子的衣物。
趙氏做了早點，沈蓁蓁正吃著，沈宴就過來接她了。
夥計將行李放上馬車，梁珩抱著兒子，和趙氏一起送沈蓁蓁出門。
到了馬車前，梁珩使勁親了口兒子胖嘟嘟的臉。
「路上小心。」
梁珩依依不捨地將兒子遞給沈宴。
小和暢不認生，看著舅舅咧嘴就笑，逗得幾個大人也不由笑起來，離別的傷感到底沖散了些。
趙氏畢竟不放心，不停交代沈蓁蓁路上該注意的事項。
沈蓁蓁耐心地聽著，梁珩見趙氏絮絮叨叨交代個沒完，怕耽誤了他們的行程，忙拉住他娘。

「大哥，你們快出發吧！一路平安。」

沈宴點點頭，告辭後，抱著小和暢先上車了。

梁珩扶著沈蓁蓁上了馬車。

這一刻，他想著沈蓁蓁要走了，眼中竟不由湧上淚意，最後被他強行壓了下去。

沈蓁蓁感覺到梁珩的不捨，走下馬車，抱了抱他，很快就放開了，畢竟趙氏還在一旁呢！

「我很快就回來。」

梁珩還沒好好感受妻子給的溫存，沈蓁蓁就放開了他，上了馬車。

「娘、夫君，我們走了。」

趙氏點點頭，朝沈蓁蓁揮了揮手。

「去吧！一路平安。」

梁珩看著馬車越駛越遠，不由難受起來。

妻子走了，兒子也走了。

趙氏看著發愣的兒子，想到孫子，也有些傷感。

很快地，沈蓁蓁幾人就抵達碼頭，碼頭上停著沈家的商船。

沈宴一路抱著小和暢，沈蓁蓁倒是省了力氣，跟著沈宴上船。

商船很大，裝了不少貨品，沈蓁蓁便問沈宴怎麼不買小一點的商船，用不上這麼大的商船，白白浪費人力。

沈宴笑了笑，道：「我想著，等明年的天黍成熟，我們就不做其他糧食的生意，專門賣天黍。」

沈蓁蓁沈思片刻，道：「雖說這天黍，如今各地都稀缺，可沒幾年，肯定全國都會栽種，到時只怕行情就不好了。」

沈宴似乎是想到了什麼，不由皺了皺眉。

「妹妹，妳不知道，原先沈家只做玉石生意，前兩年不是乾旱嗎？我們就做起了糧食生意，生意還行，便一直做下來；但是這裡面水深得很，尤其近兩年風調雨順，糧食需求變少了，就這麼大的餅，分的人本來就多，如今我沈家又進來分走一大塊，有人不高興了，經常有人故意暗地裡下套子。」

沈蓁蓁一聽，突然想起一件事，臉色倏地蒼白。

沈宴沒有注意到沈蓁蓁神色大變，繼續道：「如今淮繡慢慢做起來了，大齊又僅我們沈家一家，爹就說，不如不做糧食這一塊……」

「別做了！」沈蓁蓁突然出聲打斷。

沈宴抬頭看向妹妹，見妹妹臉色不大對勁。

「妹妹，妳怎麼了，暈船嗎？」

沈蓁蓁搖搖頭，穩了穩心神，道：「放棄糧食生意吧！大哥。」

沈宴點點頭。「爹也是這麼說的。」

沈蓁蓁沒有再說話，卻良久都回不了神。

她想起來了，前世沈家也是後來做起糧食生意，而沈宴這會兒跟她說，沈家突然插足進來，有人不高興了。

前世沈家之所以突然敗落，就是被人眼紅陷害了。明槍易躲，暗箭難防，何況沈家是單純的商戶，毫無勢力背景，以前不知道花了多少銀子才保住一家平安。

第三天早上，船在涼州碼頭靠岸。

時隔一年多，沈蓁蓁才再次踏上涼州的土地。

無論什麼時候回來，這片生養她的地方，總能給她安心的感覺。

沈宴將沈蓁蓁送上馬車，卻沒有跟她一起回去，因為船上的貨品還須卸下來，再分別往各地送去。

沈蓁蓁抱著兒子，坐馬車進城，穿過熙熙攘攘的街道。

富庶的涼州城一如既往的熱鬧，她微微掀開簾子，將兒子抱起來，讓他看向窗外川流不息的人群。

「兒子，我們很快就能看到外祖了！」

小和暢自然聽不懂娘在說什麼，只是看著窗外的新鮮事物，揮舞著小手，興奮得哇哇直叫。

很快就到了沈家，外面趕車的夥計叫了她一聲。

「大小姐，到家了。」

夥計不知道這一句，聽得沈蓁蓁倏地紅了眼眶。

她應了一聲，抱著兒子出車廂。

車下的夥計將和暢接了過去，待沈蓁蓁下馬車後，又將和暢遞過來，笑道：「小公子真重！」

沈蓁蓁笑了笑，接過和暢，道了聲謝。

門口的小廝早在沈蓁蓁下馬車時就看到她了，歡喜地叫了聲。「大小姐回來了！」說完匆匆忙忙地跑進去報信。

沈蓁蓁抱著和暢走上臺階，進了側門，往裡面走去。

才走到正院，穿過過堂，就見一群人風風火火地往這邊疾行而來，走在最前面的正是她的母親許氏。

「娘！」沈蓁蓁叫了一聲。

許氏看到了抱著外孫的女兒，立刻加快腳步。

「蓁兒！」

許氏走至沈蓁蓁跟前，發現女兒比以前豐腴不少，不過在許氏看來，女兒豐腴些正好，有福氣。

許氏一把將女兒懷裡的外孫接了過去，剛抱上手就驚呼一聲。「喲，這孩子真重！」

沈蓁蓁笑道：「暢兒能吃，長得也快。」

許氏看著胖嘟嘟，也不認生的寶貝外孫，笑得合不攏嘴。

身後的婆子和丫鬟們，看著小公子可愛的小模樣，也都喜笑顏開。

許氏抱著和暢，一行人一起往後院走。

「妳爹出去了，他年紀大了，本打算讓妳兩個兄長將擔子接過去，可妳爹忙了一輩子，閒不下來，一會兒說腰疼，一會兒說背痛，出去蹓躂一圈，回來保准就好了。」

沈蓁蓁笑笑，爹就是閒不住，才白手打下來這麼大的家業。

許氏抱著外孫走了一段，手就疼了，笑道：「真是個胖小子，他爹這麼瘦的身材，也不知道兒子怎麼這般壯實？」

「暢兒是我自己餵奶的。」沈蓁蓁道。

大戶人家都講究用奶娘，沈蓁蓁擔心許氏會不贊同。

許氏卻不以為意。「自己餵奶好，孩子長大才跟娘親。」

沈蓁蓁笑道：「看您說的，我跟您不親嗎？」說完自己有些心虛，一直都是父母牽掛著她，她卻少為父母做些什麼。

到了房裡，許氏將外孫放在榻上，母女倆落坐。

許氏吩咐人去叫沈忞回來。

沈蓁蓁忙道：「爹估計正忙著呢！等爹自己回來吧！」

許氏道：「妳爹早就念叨著想看外孫了，要是妳這次不回來，說不定妳爹都要去江寧看你們。」

沈蓁蓁聽許氏這麼說，就任人去了。
許氏又問了一些梁珩和沈蓁蓁兩人在江寧的事，梁珩上次出事，沈宴告訴了沈父，但怕許氏擔心，一直都沒有跟許氏說。
因此來的路上，沈宴交代過沈蓁蓁，沈蓁蓁便將那事秘而不宣。
很快地，收到消息的沈忞匆匆趕回來了。
走至門前，就聽到裡面許氏母女說著話，沈忞不由駐足。
「我坐月子的時候，我和暢兒的衣裳都是夫君洗的。」
許氏聽了直笑。「生妳大哥那時，家裡還窮呢！妳祖母氣性大，不肯伺候媳婦，我坐月子又不能碰冷水，衣裳也都是妳爹洗的，妳祖母因為這件事，到死都記恨我……」
許氏還沒說完，沈忞就邊走邊咳嗽地進來了。
沈蓁蓁見她爹進來，連忙站起身。
「爹，您回來了。」
沈忞看了看女兒，見女兒胖了不少，面色紅潤，心裡滿意，梁家果然沒有虧待女兒。
沈忞大步走至榻前，一把抱起外孫，感覺手上一沈，不禁笑道：「好小子，真壯實！」
許氏笑道：「你這外孫可是隨了你了。」沈忞身材高大。
沈忞素來十分嚴肅，沈蓁蓁都沒怎麼見她爹笑過，可這會兒她爹抱著可愛的外孫，笑容藏也藏不住。
「梁珩沒來？」沈忞問道。

「夫君想來，但他不能隨意離開江寧。」沈蓁蓁回道。
沈忞點點頭，又低頭逗外孫。
不久，沈宴回來了，正好趕上開飯。
飯後，沈蓁蓁陪許氏說話，沈忞則抱著外孫出去玩。
閒聊間，許氏說起沈蓁蓁的表妹許莞前兩個月才訂親，人就不見的事。
「表妹一個姑娘家，從未出過遠門，能去哪裡？」沈蓁蓁不禁驚愕。
聞言，許氏看了沈蓁蓁一眼，沈蓁蓁不禁心虛。
「有傳言說是跟人私奔了。唉，也怪妳舅母，許莞才十六歲，非要將她嫁進劉家去做填房，那劉老爺比妳爹還大，許莞不同意，妳舅母不聽，說自古都是父母之命，媒妁之言，哪能輪到許莞說話？沒多久就訂了親，一天夜裡，許莞就不見了。」
「這麼久了，還沒找到人嗎？」沈蓁蓁問道。
「妳舅母那麼愛面子的人，本來捂著不說，暗地裡找，後來實在捂不住了，劉家那邊是說好下聘就成親的，無奈才來找妳大哥、二哥幫忙，還是沒有找到。劉家那邊也沒瞞住，一知道許莞不見了，就退了親。」
沈蓁蓁為許莞擔心的同時，也不禁感慨。當時她退親時，她舅母可沒少說風涼話，沒想到一轉眼，許莞就跟人私奔了。
沈忞很快就回來了，還給外孫買了不少小玩意兒。小和暢在外祖父懷裡，一路敲著小皮鼓回來，樂得露出幾顆小乳牙。

隔天早上，許氏突然說很久沒有出去了，正好現在天氣涼爽，便想讓沈蓁蓁陪她去寺廟還願。

當年，許氏愁沈蓁蓁十七歲了還未訂下親事，曾帶著沈蓁蓁去許過願，後來，沈蓁蓁就看中了那個林行周。當時因為林家拿喬，許氏不大滿意這樁親事，沒想到女兒的姻緣卻是天注定的，只是應到梁珩身上去了。於是許氏便想今天去還願，求佛祖保佑女兒和女婿幸福美滿。

許氏一提出來，沈蓁蓁卻愣住了，那寺廟正是她初次見到林行周的地方。

林行周……這個名字，她很久沒有想起了。從一開始總是夢到前世發生的種種，到現在根本想不起來，彷彿前世只是夢一場。

一開始，她想到林行周還有滿腔的恨意，如今想起來，什麼都沒有了。

他不過就是前世的一個錯誤，這個錯本該在她身死時就解開，不該再帶到今生來，影響她和梁珩。

林行周於今生的她，不過是個陌生人罷了。

「好啊！娘，我們什麼時候去？」

許氏見她答應，不由喜笑顏開，雖說家中還有兩個媳婦能陪她去，但兒媳畢竟不如女兒親。

京城。

林翰林今天納妾，同僚們卻沒一個人知曉，一頂小轎，悄無聲息地將人抬進府，也沒有擺酒席。

孫采薇端坐著，看著面前跪著給她敬茶、嘴裡稱她姊姊的女子。

錢氏坐在上首，滿臉笑意，看著杜月茹恭恭敬敬地給兒媳敬茶。

孫采薇似笑非笑，不看杜月茹，卻看了一眼旁邊坐著的丈夫。林行周被孫采薇看得心虛，強自故作鎮定。

杜月茹端著茶，孫采薇良久都沒有接過去。

「請姊姊喝茶。」杜月茹又叫了一聲。

孫采薇這才看了一眼低眉屈膝的杜月茹，以及她掩在衣服下的肚子。

她到底接過了茶杯，湊到嘴邊，明明是清新撲鼻的茶香，孫采薇卻不由感到一陣噁心。

這就是她千挑萬選的丈夫，成親才一年，還沒有抬人進門，就讓人先有了身孕，她還沒有兒子，就先有了庶子！

孫采薇勉強抿了抿茶，就將茶杯放至一邊的桌上。

林行周見孫采薇接過茶，心頭的大石才落了下去。

杜月茹狀似艱難地站起身，本想著林行周會過來扶她，沒承想林行周一動不動，杜月茹不由有些失望。

林行周對杜月茹是有感情的，不然也不會在她無依無靠時，帶著她進京。只是沒想到她心思這麼重，為了逼他抬她進府，趁他去看她時，騙他喝醉酒，懷了他的孩子。林行周自然不會讓自己的骨肉流落在外，不得已只能跟孫采薇坦白。

孫采薇正愁自己的肚子一直沒有動靜，丈夫就讓外面的女人有了身孕。

這杜月茹看著嬌滴滴的模樣，面相卻讓她看著十分不舒服，想來不是什麼好拿捏的。

孫采薇站起身來，勉強與一臉笑意、一心想著抱孫子的錢氏告罪。「媳婦不大舒服，就不陪娘坐了。」

錢氏本來見杜月茹跪了許久，有些擔心她肚裡的孫子，卻礙著孫采薇還在，不好表示關切，這會兒見她自己告退正好，便揮揮手，隨口道：「那妳回去吧！」

孫采薇聞言，不禁皺眉。錢氏是小門小戶出來的，市儈氣十足，很多時候都讓她厭惡不已。

林行周聞言，忙站起身道：「我送妳回去。」

孫采薇冷冷道：「不用了。」說著就往外走。

林行周忙跟了上去，準備牽孫采薇的手，卻被孫采薇躲開了。

林行周愣愣地站在原地，看著孫采薇離去。

正發愣間，就聽見一聲嬌柔的聲音。

「夫君……」

林行周轉過身，就見杜月茹站在他身後，輕咬下唇，像是受了驚的小鹿，可憐兮兮地看著他。

以前她這模樣，一定能讓林行周心疼，可今天看著，心裡卻厭惡起來。

沈蓁蓁在娘家住了十天，準備啟程回江寧。

這十天，一直是沈忞帶著外孫。也許真是年紀大了，外孫成了沈忞的心尖尖，然而女兒畢竟回家是客，不管住幾天，終究還是要走的。

沈蓁蓁離開時，沈忞和許氏送他們至船上，還是由沈宴送他們回去。

沈忞抱著外孫，親了又親，最後依依不捨地將外孫遞給沈宴。

沈蓁蓁見爹極為不捨，便道：「爹，現在家裡的生意有大哥、二哥看著，您來江寧也沒多遠，回頭您想外孫了，就來江寧看看吧！」

沈忞忍住酸澀，忍著不去看女兒懷裡的外孫，點點頭，又揮揮手。「去吧！」

許氏摸了摸外孫的小腦袋。「回去吧！暢兒他爹和祖母，想必想他想得緊。」

沈蓁蓁抱著兒子登上船頭，看著岸上越來越遠的父母，不過時隔一年再見，爹娘的鬢髮都已斑白。

她為人母了，爹娘也都老了。

沈宴見妹妹抽噎不止，忙輕輕將妹妹摟在懷裡，拍著她的後背，安慰道：「以後想回來再回來就是。」

沈蓁蓁點點頭，心裡卻明白，她已嫁為人妻，哪裡由得了她想什麼時候回來就什麼時候回來呢？

經過兩天奔波，一行人終於到達江寧。

沈蓁蓁他們從後衙後門回家，梁珩在前衙辦公，並不知道妻兒已經回來了。

趙氏不過十天沒見孫子，見兒媳帶著孫子回來，大喜過望，抱著孫子一陣猛親。

許氏給親家和姑爺準備了不少禮品，沈家的夥計幫忙抬進來，沈蓁蓁將送給趙氏的東西一一拿出來，趙氏直說親家太客氣了。

沈宴坐了一會兒就走了。

如今來了不少繡商想買江寧的刺繡，可不管他們出多少錢，江寧的百姓就是不賣給他們。

這些繡商不由疑惑，一打聽才知道，原來沈姓商行已經將淮繡市場壟斷了。

後來有人想出一招，百姓不肯賣，他們就找沈家買，沈家總不能自己就想將這肥肉吃下去吧？

誰知一到沈家繡樓，才知道沈家大公子回家去了。

繡商們只好在江寧等。

一天、兩天，等了快半個月，終於等到沈家大公子來了。

到底是怎麼商量的，沈蓁蓁不知道，只知道沈宴確實讓了些利出去。

這天，梁珩像往常一樣，散卯之後回家，走至院門口，就聽到熟悉的聲音。

「你把外祖買給你的小皮鼓弄破了，看你以後還怎麼玩！」

沈忞給寶貝外孫買的小玩意兒裡，和暢最喜歡那只小皮鼓，每天沒事就拿著敲，今天卻不知怎麼了，被自己弄破了。

妻兒回來了！

梁珩大喜過望，一改之前的頹喪，風風火火幾步走至院門前，推開院門，就見沈蓁蓁抱著兒子，似乎是兒子做錯了什麼，沈蓁蓁正在訓他。

「蓁兒！」梁珩小跑著朝妻子過去。

沈蓁蓁抱著兒子，剛站起身，就被走至身前的梁珩，連同兒子一起抱在懷裡。

「蓁兒，妳怎麼才回來！」

沈蓁蓁聽著梁珩話裡深深的思念和輕輕的埋怨，笑道：「爹他太愛暢兒了，我也一年多沒回去，就多住了兩天。」

梁珩聞言不說話了，他並非真的埋怨沈蓁蓁，只是滿腔思念需要宣洩罷了。

小和暢被爹娘擠在中間，有些不舒服，伸手推著他爹。

梁珩低頭一看，笑道：「好小子，才離開幾天，回來連親爹都不認了！」說著接過兒子，狠狠在兒子的臉上親了一口。

妻兒不過離開十天，梁珩卻覺得彷彿離開十年一般，思念與日俱增，做什麼都沒有精神。

如今妻兒回來了，他才感覺隨妻兒一道離開的魂魄歸了位。

沈蓁蓁看著梁珩臉上青青的鬍鬚，人也消瘦了一些，不禁著急，難道梁珩在自己離開後生病了？

「夫君，你生病了嗎？」沈蓁蓁伸手探向梁珩的額頭。

梁珩一手抱著兒子，一手拉著沈蓁蓁的手，將之放於心口。「嗯，生病了。」

「什麼病？嚴重嗎？看大夫沒？」沈蓁蓁聞言，越發著急，沒注意梁珩嘴邊淺淺的笑意。

「蓁兒離開後，為夫吃睡不香，日思夜想，就日漸消瘦了。」梁珩微微噘嘴，狀似撒嬌。

沈蓁蓁愣了愣，反應過來後，不禁伸手捏了捏梁珩的手臂。「梁大縣令，你膩歪不膩歪？」

「不膩歪，為夫所言，句句屬實。」梁珩收起笑臉，一本正經道。

夫妻倆相視一笑。

時間一天天過去，又到了年關，這是梁珩一家在江寧過的第二個年。

江淮今年下了鵝毛大雪，連下了三天三夜。老人們都說，江淮很多年沒有下過這麼大的雪了，明年一定會有好收成。

劉致靖給梁珩一家送來了年貨，是赤縣的特產。梁珩也回了禮，想著劉致靖獨自一人在赤縣，便邀請劉致靖來江寧過年，劉致靖卻謝絕了。

大年三十這天晚上，江寧縣城上空又燃起一陣又一陣的煙火。百姓這一年的日子十分好過，不僅糧食豐收，還因為淮繡，幾乎家家戶戶都富裕起來。

家底殷實了，年便過得好了。

沈蓁蓁抱著穿得像顆球的和暢站在院中，看著梁珩將煙火點燃。五彩繽紛的煙火瞬間在空中炸開，小和暢興奮得想揮手，卻因為穿得太多動不了，只能咿啞歡叫。

梁珩走回來，擁著妻兒，一起看夜空綻放的煙花，明亮的星星點點，照亮半邊天空，也照亮前方的路。

這就是梁珩和沈蓁蓁想要的生活，沒有大富大貴，卻因彼此的陪伴，人生因此而圓滿。

年後，又是緊張的春耕。

梁珩又忙了起來，雖然他不是農人，但因為去年的經驗，梁珩每天都要下鄉，教百姓如何播種。

但他還是在百忙中抽了半天的空給兒子過週歲，週歲依然沒擺酒席，沈宴也算好時間，在這天過來了。

沈蓁蓁提前幾天就將抓週的東西準備好了，到了四月十二，梁珩大清早就將東西擺至地上鋪好的一塊毯子上。

小和暢脖子上圍著口水兜，已能歪歪扭扭地走路，也會叫爹娘了。

這麼多小玩意兒，和暢看得很高興，小手不停地揮舞著，摸摸這個，又摸摸那個。突然，看見角落一物，眼前一亮，踉蹌幾步過去，將之拿起，緊緊抱在懷裡，樂得露出幾顆小牙齒。

梁珩見兒子抱住一個金元寶，不禁大笑。

沈蓁蓁輕輕捏了捏兒子的小臉蛋，笑道：「這麼小就知道愛錢了，看把你樂得！」

趙氏見孫子拿了個金元寶，不大高興。抓週就是測孩子以後的前程，莫不是她孫兒以後會成為商人？

只是梁珩忙著逗弄兒子，沒瞧見他娘的神色。

梁珩想到沈蓁蓁自從來了江寧，就沒怎麼出去過，便想著下次下鄉，帶著沈蓁蓁和兒子一起去。

終於到了這天，春暖花開，無名小花開滿車道兩旁，極為燦爛。

和暢一路趴在車窗邊，樂得直歡叫。

梁珩一手扶著兒子，一手抱著妻子。「一會兒我要下地，看看就回來，妳先在鄉親家等我。」

沈蓁蓁靠在梁珩肩上，輕應了一聲。

沈蓁蓁上次回家，本來想看看有沒有合適的丫鬟，可以帶來江寧，沒想到回家後就把這事忘了。

沈蓁蓁擔心趙氏不高興，便說在這邊找一個幫傭，趙氏卻說算了。

沈蓁蓁一開始不明白，後來就明白了。或許是這邊不像泉城，街坊鄰居都認識，趙氏每天待在家裡，做些家務，好歹不會太無聊。

很快就到了水田鎮。

梁珩將沈蓁蓁母子安排在一個楊姓里正家裡後，便匆匆跟著里正下地去了。

里正夫人是個五十多歲的大孃，見縣令夫人來了，頓時有些局促。

沈蓁蓁見狀，主動和楊大孃話起家常。

「大孃子，您家幾個兒女啊？」

楊大孃給沈蓁蓁端了一碗茶水，道：「四個，兩兒兩女，女兒出嫁了，兩個兒子也成了家。」

楊大孃家有個兩歲多的孫兒，沈蓁蓁便讓兩個孩子一起玩。

沈蓁蓁教和暢叫人。「叫哥哥。」

「哥……哥。」和暢乖乖地叫了，口齒還不清楚。

楊大孃本來聽沈蓁蓁教兒子叫他孫兒為哥哥，還暗暗嚇了一跳，後來聊久了，見縣令夫人毫無架子，十分親和，也逐漸放鬆下來。

過了兩個時辰，梁珩他們才回來，而和暢已經玩累了，在沈蓁蓁懷裡睡著了。

梁珩本來打算一回來就帶妻兒回家，楊里正夫妻卻連連留飯。

梁珩見夫妻倆盛情挽留，想著沈蓁蓁肯定也餓了，便謝過里正夫婦。

楊里正沒想過梁珩真的願意留下來用飯，喜得連忙叫兒子去打好酒回來。

梁珩陪楊里正喝了一杯就不再喝，倒是楊里正十分高興，自個兒喝了小半斤。

農家菜十分可口，沈蓁蓁連吃了兩碗飯，直誇楊大孃做的菜好吃。

自己做的粗茶淡飯，竟能得到縣令夫人的誇獎，讓楊大孃高興極了。

梁珩夫妻用過飯，告辭了楊里正一家，往城裡趕去。

梁珩在江寧任官的三年裡，就這一回在百姓家裡吃飯，後來梁珩調走，楊里正還是時常與村民談起梁縣令曾在他家吃的這頓飯。

第二十三章

時間如流水，一轉眼，地裡的天黍葉就枯黃了。

百姓們收穫天黍時，比收穫稻穀更高興。一根根的天黍棒子，顆粒飽滿，一畝地就能收穫千斤，比稻穀多出三倍有餘，就算不幸遇到荒年，這天黍也夠一家人吃好幾年。

沈宴早就準備好，準備等江寧的百姓交了天黍稅，就將百姓手裡多餘的天黍都收上來。沒想到這時朝廷頒下旨意，今年百姓不需要交天黍稅，百姓可自留種子，其餘的都要賣給官府。

這旨意來得突然，卻又不讓人意外。

現在不過只有江寧和京城周邊一些地方種天黍，想要在全國普及，官府定然要將天黍收上去，再分發到各地，作為糧種。

沈宴有些失望，但這是天家的旨意，誰都不能違抗。

朝廷給的價格是一斤三文，很多百姓家都種了四、五畝，賣完能有十餘兩的收入。

朝廷派了十餘艘大船，將全縣百姓賣的天黍裝上船，運進京去。

年復一年，和暢滿兩歲時，梁珩接到了擢升文書。

等新縣令到任，交接工作後，梁珩就要啟程進京述職了。

縣令三年一換，即便梁珩沒有說要走，百姓們也明白，這個年輕的青天大老爺要卸任了。

梁珩再次下鄉時，便有鄉親小心翼翼地問他什麼時候走。

這話一出，四周的鄉親們都沈默了，氣氛變得凝重。

梁珩勉強笑了笑，道：「可能五、六月，等下一任縣令到任，我就要去京裡述職了。」

百姓皆沈默不言，他們知道，像梁珩這樣一心為民的好官，他們應該不會再碰到第二個了。

幾個中年漢子忍不住紅了眼眶，有些婦人更是抹起眼淚。

梁珩很難受，卻不知如何安慰百姓們。他這一走，可能再也不會回來了，而下一任縣令是好是壞，梁珩現在人微言輕，也管不了。

梁珩回家時，沈蓁蓁正在廚房幫忙趙氏做飯。

和暢見爹回來，十分興奮，大步朝爹走過去。梁珩看著兒子的笑臉，心裡的陰霾散去了些，蹲下身，將撲過來的兒子摟進懷裡。

「爹，娘今天買糖葫蘆！」

沈蓁蓁今天帶和暢上街去買東西，和暢見到賣糖葫蘆的，就不想走了，沈蓁蓁便給他買了一串。

「好不好吃？」

和暢點點頭，拉著梁珩走。

梁珩不明白兒子想做什麼，跟著他往房外走。
梁珩被拉到廚房，見沈蓁蓁正在切菜，他娘在炒菜。
「夫君回來了。」沈蓁蓁早就聽見兒子大呼他爹的聲音。
梁珩來不及回答，和暢就想拉著他繼續走，梁珩應了一聲，又跟在兒子後頭。
到了桌前，和暢停下來，只見桌上有半串糖葫蘆。
沈蓁蓁看著和暢拉著他爹過來，笑道：「和暢說了，要留一半給爹。」
梁珩看著那串糖葫蘆，最上面的一顆還留著幾個牙印，心裡的陰霾頓時徹底散去。
梁珩一把抱起笑嘻嘻的兒子，在兒子秀氣的臉上使勁親了一口。
新上任的縣令很快就來了，名錢勝，看著年過四十，之前已在別處任過縣令。
梁珩一絲不苟地跟他交接工作，錢勝一開始極為認真，後面或許是嫌梁珩事無鉅細，便微微不耐煩起來。
不過明眼人都知道，若不出意外，梁珩會青雲直上，而錢勝等了多年，才調來富庶的江淮，也不敢得罪梁珩。
雖然錢勝掩飾得極好，但梁珩還是感覺得出來他的不耐煩。
錢勝見梁珩突然停下來，不由一愣。「梁大人？」
梁珩轉過身，面色嚴肅。「我不知道錢大人以前在任縣是如何做縣令的，可我有一句話想告訴錢大人。」

錢勝忙道：「梁大人請講。」

「錢財生不帶來、死不帶去，名聲卻能流傳千古，美名如此，臭名亦是。」

錢勝一怔。

梁珩收拾好東西，本來打算悄悄離開，不想驚動百姓，沒承想，當梁珩一家走出後衙時，才發現百姓們早已將街道擠滿。

梁珩看著默然等候、靜靜看著他的百姓，內心震動不已。

他朝四周深深鞠躬。

「多謝鄉親們來送我，我一家在江寧三年，虧得鄉親們照拂。」梁珩不禁哽咽。趙氏出門買菜，那些進城賣菜的百姓們，每次都不肯收錢；每年大年初一，總有數百百姓來給他一家拜年。

百姓們挽留的話說不出口，哽咽道：「梁大人，您一家要一路平安！」

梁珩又朝百姓一鞠躬。「謝謝鄉親們來送我，都回去吧！」

沈蓁蓁牽著兒子和趙氏上了馬車，梁珩朝百姓揮了揮手，不忍再看那一張張飽經風霜、淚眼朦朧的臉，轉身上了馬車。

馬車緩緩駛動，百姓們讓出一條路來。梁珩從窗口探出頭，回望著深深愛戴他的百姓們。

這送別的場面，錢勝也看到了。

錢勝當了幾任縣令，從沒有哪次離開時，得過百姓相送。他倏地想起梁珩告訴他的話，半天不能言語。

三天後，梁珩一家到達了京城。

雖然沈蓁蓁在京裡有一棟陪嫁宅子，就是前世林行周一家來京住的，但沈蓁蓁不想去，便託沈宴在京裡幫他們相看別棟宅子。

沈家在京裡有好幾處宅子，沈宴便為他們安排了一棟離皇宮最近的，方便梁珩以後上朝。

一家人乘坐馬車進城。

和暢好奇地趴在車窗邊，看著繁華的街道上熙熙攘攘。

天子腳下，物華天寶，和暢第一次走進這座古老的皇城。

「娘，吹糖人！」和暢看到街邊有吹糖人的小販，興奮得叫起來。

趙氏見孫子高興，笑道：「回頭祖母買給你！」

一刻鐘後，馬車在一處宅院前停了下來。

梁珩抱著兒子，沈蓁蓁扶著趙氏下了馬車，站在宅門前。門楣上什麼都沒掛，想必是她大哥讓人將以前的取下來。

宅子裡的奴僕早就得到消息，十餘人站在門前，迎接梁珩一家。

管家跪了下來，帶頭問好。「給老夫人、老爺、夫人請安。」

後面的奴僕也跪下問好。

管家又吩咐小廝上來幫忙搬行李。
沈蓁蓁牽著和暢往裡面走，管家站在趙氏一旁，輕聲說明宅子的情況。
「老夫人，現在家裡一共有兩個粗使婆子、六個丫鬟、八個小廝。大公子送了信來，宅子裡裡外外都打掃乾淨了……」
趙氏邊走邊點頭。
趙氏是長輩，自然住正院，梁珩夫妻就住在旁邊的院子。
行李沒有多少，都是些衣裳什物，只有梁珩的書比較多，很快就收拾好了。
管家便來問可有缺少什麼。
沈蓁蓁在江寧用慣的東西這次也都帶回來，一時不需要其他什物。
趙氏拿了銀子給管家，讓他發下去給丫鬟、小廝們。
搬新家要給下人們賞銀，而趙氏是長輩，中饋自然由趙氏主持。
次日清早，梁珩便走進那道高高的宮牆，前往吏部述職。
走至吏部門前，門口的侍衛見梁珩面生，便攔下他問話。
得知梁珩是來述職的，侍衛便給梁珩指了路。這些天進京述職的官員很多，侍衛們已經見怪不怪了。
梁珩進門後，沿著侍衛指的路，直走到一間大堂，只見大門敞開，裡面有幾個官吏正忙碌著。
他輕輕敲了敲門。

裡面的人聽見敲門聲，停下來，抬眼望過來。

不等梁珩說話，一個三十歲上下的吏員就迎了出來，朝梁珩笑了笑，問道：「大人是來述職的吧？」

梁珩點點頭。

吏員先是恭喜了一番，又請梁珩出示文書。

待吏員翻開文書，一見他的名字，不禁失聲驚叫。「梁珩?!」

梁珩感覺堂裡的人都頓了頓，問道：「請問有什麼不妥嗎？」

那吏員連忙搖頭。「是下官失禮了，梁大人請別見怪。」

那吏員很快就將該辦的手續辦好，又給梁珩發了官服、魚帶和笏板等物。魚帶還是金製的，沒多大變化，官服卻從綠色變成了緋色。

「梁大人，您等等去御史臺臺院述職吧！這會兒估計下朝了。」

「御史臺院？」梁珩不由吃驚。

「對啊！您不知道嗎？您現在已經是御史臺的侍御史大人了。」

梁珩直到從吏部走出來，還是驚愕難消。

他以為自己資歷尚淺，進京後可能要從一個閒官做起，沒想到會進御史臺。御史臺監察一國之政，糾舉百官，地位可謂是舉足輕重。

梁珩又走了一刻，才走到御史臺。正好碰到御史臺的大員散朝回來，走在最前面的，正是上次奉旨下江淮稽查官員的徐恪。

梁珩連忙見禮。「下官見過幾位大人。」

梁珩並不認識後面身穿緋色官服的官員，想必是御史臺的中丞大人。

徐恪看著梁珩，皺了皺眉，輕應了聲，扔下一句「孟大人，這是新上任的侍御史梁珩，你著人安排一下」就走進去了。

梁珩見徐恪冷下臉，卻不知為何。

這時一個身材略胖的中年男子走上前，對梁珩笑道：「梁大人一路辛苦了，進去喝杯茶吧！」

梁珩連忙拱手。「下官不敢。」

孟愷伸手拍了拍梁珩的肩，面上笑意不減，讓梁珩跟著他進去。

其餘人已經跟著徐恪走了，梁珩跟在孟愷後面，走進御史臺的衙院。

御史臺的衙院與其他衙院並沒多大區別，都是樸實無華的模樣，在風雨中屹立了幾百年。

孟愷領著梁珩走進右邊一座衙署，一邊走，一邊跟梁珩說明御史臺院的情況。

到了堂內，孟愷向眾人介紹梁珩後就離開了。

御史臺院的四名侍御史中，梁珩最為年輕，另外三名侍御史，分別為虞信中、黎丙仁和蔡農仲。虞信中年紀最大，約在天命之年，梁珩在與他們交談時看得出來，其他兩位侍御史都十分尊敬虞信中。

在他們無意間交談時，梁珩才知道，自己竟是剛擢升為御史大夫的徐恪大人跟皇上要過來的！

梁珩不禁驚愕。徐大人不過在江寧見過自己一面，何以會希望自己到御史臺，還是最重要的臺院？

梁珩回到家時，已是下午。

他沒想到自己會在宮裡待那麼久，早上稍微吃了些早點，回到家時，已經餓得頭昏眼花。

沈蓁蓁心疼地看著埋頭喝粥的梁珩，和暢見爹吃得香，也鬧著要吃。

沈蓁蓁叫丫鬟拿了個碗，給和暢盛了一點。

「夫君，你明天就要開始上朝了？」

梁珩點點頭。

「今天如意他們來過了，菱兒都長成大姑娘，梵兒也該訂親了。」沈蓁蓁說著，不由憂心道：「如意都快二十了，還沒找到人家，回頭我跟大哥說一聲，讓大哥留意可有合適的人選。」

梁珩點點頭，姑娘家是該嫁人了。

「梵兒開了好幾家酒樓，今天還給我送來分紅，有好幾千兩，我不肯收，梵兒一定要我收下。孫嫂子雖然將梵兒兄妹託付給我，我卻沒好好照顧過他們，如今深感愧對他們兄妹。」

梁珩抬起頭，輕輕道：「蓁兒，妳曾為他們兄妹做的，相信梵兒兄妹都明白，就算將他們留在身邊，未必就是對他們好，妳看梵兒現在不是已經長成頂天立地的男子漢了？」

沈蓁蓁默然，低頭看了看兒子。「夫君，暢兒一個人是不是孤單了點？」

梁珩愣了愣。「蓁兒？」

「再生一個吧！以後不管是兄妹或是兄弟，好歹有個伴。」

梁珩默然，當年沈蓁蓁生和暢時，他就決心不再讓沈蓁蓁生孩子了。

沈蓁蓁明白梁珩是心疼她，可只有和暢一個孩子，他以後會很孤單，況且趙氏也不會同意。

「這事以後再說吧！」梁珩想了想，說道。

次日五更，梁珩就起身。

他不想驚動沈蓁蓁，但一點燈，沈蓁蓁就醒了過來。

「夫君？」沈蓁蓁睡眼惺忪，撐起身子。

「蓁兒，妳再睡一會兒，我上朝去了。」

沈蓁蓁聞言，坐起身，下了床，見梁珩正在穿官服，便走上前幫他穿戴整齊。

梁珩張開雙手，沈蓁蓁雙手環住他的腰，將腰帶繫好。

當值的小廝已經準備好馬車，馬頭上掛了一盞燈籠。梁珩出了府門，坐上馬車，小廝便駕著車往宮城而去。

還未至宮牆，就見前面堵著不少轎子、馬車，他下了馬車，打發小廝回去，就著街燈，走到午門前。

午門前已有不少官員候著，正三五成群地說著話。此時不過五更，夜色還濃，雖宮門前掛了不少宮燈，但人影影綽綽，還是看不清面容。

梁珩初次上朝，不知自己該站在哪裡，只好佇在一旁。

身旁的官員不認得梁珩，更不會找他攀談，只和身邊相熟的官員說話，不時傳來低低的笑聲。

等了約半個時辰，午門緩緩開啟，眾官員整理好儀容，排成兩排，肅穆而入。

梁珩也跟著人群進去。

他見百官似乎按品階調整著次序，自己卻還是沒看到御史臺的人，只好低聲問旁邊的官員。「這位大人，請問您知道御史臺要站在哪兒嗎？」

那官員見梁珩著緋色官服，品階比他高，輕聲道：「這位大人，您的位置在前面呢！這裡是低階官員的位置。」

梁珩道了謝，往前走去。

梁珩正兩眼一抹黑地邊走邊找人，突然感覺有人拍了拍自己的肩膀，他轉頭一看，是徐大夫。

梁珩不由一喜，正打算見禮，就見徐恪轉身往前走去，梁珩只好跟了上去。

果然，往前走了一段，就看到幾張熟悉的面孔。

虞信中朝梁珩招了招手，梁珩朝幾人拱了拱手，走了過去。

梁珩看向徐恪，就見他逕自走到前面入列。

徐恪站得筆直，沒有像其他的官員一樣交頭接耳。

天慢慢亮了起來，前面走來一個內侍，請眾官員進殿。

梁珩跟著眾人往金鑾殿走，這是他第二次走進這個皇權之殿。

按品級就班，梁珩站在靠後的位置，大家安靜站著，不再言語。

梁珩微低下頭，看著自己腳下的漢白玉地磚，知道所有人都在等著天子駕臨。

又等了近一刻，外面才傳來一聲高聲唱喏。

「皇上駕——到！」

眾官員立即跪下，迎接天子。

齊策身著繡滿金龍的黃袍，頭戴九旒冠，神色肅穆，闊步走進大殿，越過文武百官，走上丹墀，穩穩坐上那把龍椅。

「吾皇萬歲萬歲萬萬歲！」

齊策雙手微抬，沈聲道：「眾卿平身。」

「謝皇上！」

梁珩微微抬眼，隱在旒珠後的面容依然看不清，皇上只是靜坐於龍椅上，聽著下面大臣的進奏，並不言語。

梁珩認真聽著大員們上奏的民生政要等事務，以他的官階，除了彈劾，不能在金鑾殿上向皇上進奏。

後面小官們皆如梁珩一般，低頭垂聽，直到散朝。

跪送皇上出去後，眾官員站起身來，等前面大員們一一走出大殿，梁珩他們才能離開。

他抬眼略看了眼從他身邊經過的大員，看到一張熟悉的面孔，就算他已經不再年輕，人也發福了些，面容有了些改變，梁珩還是一眼就認出他來。

那人正是黃梵兄妹之父，黃原。

一身大紅官服的黃原跟著幾個大臣，一邊輕聲說話，一邊往外走，並沒有看到梁珩。

梁珩正發愣，肩膀被人拍了一下，他回頭一看，正是許久未見的易旭，劉致靖也站在一旁。

梁珩驚喜交加，正欲說話，易旭便對他做了個噤聲的動作，拉了他一下，往外走去。

三人走出金鑾殿，往承天門行去。

「恭喜梁兄，聽說梁兄進了御史臺！」易旭笑道。

梁珩笑了笑。「御史是個得罪人的官職啊！」

梁珩又問劉致靖擢升到哪裡。

原來劉致靖進了戶部度支司，做了員外郎；而易旭依然還在翰林院做編修，還要三年才能熬出頭。

三人聊了幾句，走出了承天門，各自的衙署都不在一處，約好散卯再細聊，便分道揚鑣。

梁珩回到臺院，虞信中見梁珩來了，帶他到檔案房領了檔案卷，讓他先熟悉一下。

散卯時，梁珩走出午門，易旭兩人已經在午門前等著了。

「煩勞兄臺等我。」梁珩不知兩人等了他多久，告罪道。

易旭三年未見梁珩，此時見面，實為高興。

「說那些太見外了，今日我們兄弟好好喝一杯！」易旭摟住他的肩膀，往一旁走去。

易旭還是那副明朗愛笑的模樣，兩人雖然三年未見，但常有書信往來。他在信裡跟梁珩說過，前幾個月他訂親了，對方是中書令丁魏家的千金，丁玥馨。

梁珩當面恭喜了易旭，只是沒見易旭多高興。

由於劉致靖帶著隨從，梁珩便請劉致靖派個隨從去家裡報信。

三人隨意找了一家酒樓，邊喝邊聊這幾年各自的生活。

待三人從酒樓出來時，已經月上中天。

劉致靖讓小廝趕車送梁珩回去，自己和易旭則慢慢往家裡走。

易旭他們知道梁珩不能多喝，所以梁珩只喝了幾杯薄酒，卻還是有了絲醉意。

梁珩回到後院，看著緊閉的房門，不由心裡發虛。

他先讓人端水上來洗漱，好讓酒氣在涼風中吹散些，等了一會兒才散得差不多。

他輕輕走到房門前，敲了敲門。「蓁兒？」

「爹回來了！」

房裡傳來兒子驚喜的叫聲，梁珩不由心裡一軟。

「兒子，快來給爹開門。」

梁珩話音剛落，就聽到裡面傳來沈蓁蓁的聲音。

「暢兒，穿鞋子。」

很快地，門就從裡面打開了。

梁珩彎腰，一把抱起兒子，走進房間，就見沈蓁蓁穿著白色褻衣，坐在床上。

梁珩連忙解釋。「今天碰到易兄和劉兄，我們三年沒見，在外面找了地方說說話……劉兄的隨從有告訴妳吧？」

梁珩在江寧時，散卯就會回家，沒事從來不會耽擱一刻。

沈蓁蓁點點頭。「易公子好嗎？」

梁珩笑道：「他很好，前幾個月訂親了，我跟妳說過的。」

梁珩說完，覺得今天兒子有些安靜，低下頭，就見兒子縮在自己懷裡。

「暢兒睏了？」

和暢搖搖小腦袋。

沈蓁蓁看著越來越皮的兒子在梁珩懷裡縮成一團，不由好笑，卻也不說話。

和暢見娘沒有將今天他打破大花盆的事告訴爹，又興奮起來，拉著他爹說話。

和暢到底還小，說了沒一會兒，就在梁珩懷裡睡著了。梁珩將兒子小心放到旁邊的小床上，才換了衣裳上床。

沈蓁蓁這才將今天兒子闖下的禍告訴梁珩。

原來，今天和暢不知道在哪兒摸出把鐵榔頭，拖著到處亂砸，一不小心就將一個花盆砸碎了。

和暢雖然相貌和梁珩相似，但身材卻一點都不像，不僅個頭大，力氣也驚人，有時拉著沈蓁蓁走，沈蓁蓁不用點力都拉不住他。

而和暢的性格也跟梁珩的穩重安靜完全沾不上邊，越大越皮，兩隻小短腿跑得還挺快，一會兒就不見蹤影。

「和暢這性子也不知隨誰，太調皮了，要趁現在對他嚴厲一點，否則以後定了性，再想讓他改就難了。」梁珩道。

沈蓁蓁有些不捨。「暢兒現在還小呢！」

梁珩在這事上並不讓步。「暢兒能聽得懂話了，要讓他從現在就養出好品性。」

沈蓁蓁不說話了。

過了一會兒，房裡傳來聲音。

「蓁兒，為夫錯了，真的錯了。」

梁珩轉過身，將背對他的沈蓁蓁摟進懷裡。

梁珩從未對沈蓁蓁說過重話，這會兒感覺自己剛剛語氣重了些，忙連聲道歉。

沈蓁蓁躺在梁珩懷裡，不禁感慨，自己這脾氣完全被梁珩寵壞了，這麼點小事都能跟他鬧情緒。

劉致靖早梁珩幾天回京，忙了一番，直到這天才見到他的好兄弟齊滑。

寧王妃知道兒子貪玩，所以齊滑及冠後沒有逼著他成親，但齊滑比劉致靖大一些，所以去年不管齊渭同不同意，還是給齊渭定下親事，今年就要成親了。

正逢休沐，劉致靖約了齊渭在仙客居裡喝酒。

兩人好幾年沒有見面，如今再見，卻沒有絲毫陌生感。

劉致靖在齊渭胸前捶了一拳。「好啊！背著我就訂親了，留下兄弟孤身一人，以後這長安雙霸，就成長安單霸了！」

齊渭伸手揉了揉胸口，笑罵道：「你別說風涼話，我娘也不知怎麼想的，非得給我訂親不可，我不同意，她就要死要活地逼我。」

「你也不小了，是時候成家了。」劉致靖笑道。

齊渭撇撇嘴。京裡哪個姑娘他沒見過？哪個姑娘他都不喜歡。

「你也該訂親了，你娘就沒念叨你？」齊渭道。

劉致靖倒了兩杯酒，推了一杯給齊渭，兀自喝了一口，搖搖頭。「怎麼沒念叨？我現在散卯恨不得都不回家，還是在赤縣好啊！誰也管不著我。」

齊渭也為好兄弟的親事擔心，開始給劉致靖細數京城還剩什麼好姑娘。

「戶部葉尚書家的嫡二小姐，今年及笄了，聽說長得挺水靈的，我見到她還是兩年前，那時不過是個跟在她姊姊後面的小丫頭，一晃眼也要嫁人了。」

劉致靖搖搖頭。「十六歲的小丫頭，娶回家做什麼？」

齊渭聽了，不由壞笑。「和你一般大的，孩子都大了。哦，對了，楊太傅家的大孫女差不多二十多歲，配你正好。」

劉致靖斜了齊湑一眼。哪個好姑娘會耽誤到二十多歲還不嫁人？楊太傅家的孫女是什麼德行，全京城誰人不知？

齊湑笑了笑，又想起一個人，笑道：「話說若是章大人家的嫡女沒有出家為尼，配你還委屈了呢！」

劉致靖搖搖頭，忽又反應過來，驚問道：「你說誰？」

齊湑搖搖酒杯。「還能有誰？第一才女章伊人唄！」

一道驚雷在劉致靖心中打響，讓他錯愕不已。

他倏地想起，三年前，那個突然獨身去赤縣找他的面容，那柔弱卻孤傲的模樣，在腦海中久久不散。

「她……」劉致靖頓了頓。「她為何出家？」

齊湑搖搖頭。「誰知道呢？當時章家都為章伊人定下親事了，可章伊人不聲不響地去了容山寺出家，誰勸都不回，彷彿真的看破了紅塵，真是可惜啊！」齊湑長嘆了聲，好像真的很可惜一般，面上卻還是笑盈盈的。「這麼好的姑娘，可惜自此要青燈古佛長伴一生了。」

齊湑說完，兀自低頭喝酒，見劉致靖良久沒有反應，抬起頭，就見劉致靖神色複雜地發著愣。

「怎麼了？」

劉致靖回過神來。「沒什麼。」

齊湑沒有多想，端起酒杯和劉致靖碰杯，接著又說起別的事，話題很快被轉開了。

兩人從白天喝到晚上，喝了不知多少壺，出來時皆是醉醺醺的，勾肩搭背，好像以前經常做的那樣。

齊渭的小廝見主子出來，上前準備扶他，卻被齊渭揮開了。

「走開，今兒爺要去致靖家睡！」

劉言見主子出來，也走到近前，卻沒有上去扶兩人。

齊渭跟著劉致靖踉蹌著上了馬車，劉言對齊渭的小廝交代了聲，便駕車回劉府了。

次日，五更不到，劉言就叫醒劉致靖。

劉致靖醒了醒神，推開齊渭壓在他身上的腿，起床洗漱，上朝去了。

沒等到散卯，劉致靖就告罪走了，戶部侍郎不敢有異議，客氣兩句，讓劉致靖先離開。

劉致靖在軍營裡拉了一匹馬，往城外疾馳而去。

一路馬蹄噠噠，山間小路多野花，劉致靖卻無心欣賞，疾馳而過。

很快地，他來到一處古剎，古剎前用青石板鋪就的臺階，在風雨中不知靜候了多少年，上面一片落葉也無，只有青苔，悄悄地爬滿了青石階壁。

劉致靖看著近在眼前的古剎，突然生出後悔。

他來這裡做什麼？

胯下烈馬見馬上之人良久沒有動作，輕噴了一口氣，卻驚醒了劉致靖。他翻身下馬，站在青石板前，似乎猶豫不決。

良久，劉致靖像是說服了自己，將馬拴在一旁，一步步踏上古樸的青石板。

寺廟大門敞開著，劉致靖走了進去。

寺內極為清幽，院內有一棵古樹，枝繁葉茂，翠鳥啼鳴，院中間有一座香塔，裡面的香尚未燃盡，幾縷香菸，裊裊升起。

劉致靖往裡面走了幾步，沒看到人。

好似有「沙沙」的掃地聲傳來，他順著聲音尋去，轉了個彎，就見前面有個手持掃帚的尼姑背對著他，掃著地上的落葉。

那尼姑的背影看著十分清瘦，劉致靖走上前，開口詢問。「這位仙姑……」說到一半，又不知該怎麼問了。

就在這時，尼姑轉過身來。

劉致靖看清她的面容，不由大驚。

這尼姑正是出家的章伊人。

章伊人看清眼前人，手裡的掃帚落在地上，突然，她驚醒過來，雙手合十，唸了句「阿彌陀佛」。

「章小姐……妳……」

「施主，請叫我慧明。」章伊人雙手合十，沈聲道。

劉致靖看著眼前的章伊人穿著僧袍，依然不失秀麗，微垂著眼，臉上盡是平靜。

「章小姐，妳這是何苦？」

章伊人抬眼看了看劉致靖，平靜道：「人各有命，我本該皈依我佛。」

劉致靖看著面前古井無波的人兒，不禁想起三年前那熱情勇敢的樣子，又想起章伊人還是京城第一才女時，那種清高與孤傲。

哪一種樣子，都比如今她站在他面前，目光空洞，好似凡間再無一物能讓她動容般來得生動。

劉致靖不知自己為何來見她，甚至等不到散卯就來了。當年，章伊人捧著自己的心給他，他甚至不想多看，就直言叫她收回。

這輩子，他沒愛過誰，就算現在，也沒有感覺自己對章伊人有什麼感情。

他只是想知道，章伊人為何想不開？或者說想開了，一定要出家為尼？如果是因為他……劉致靖不想一個美好的姑娘因為他而放棄自己的後半生。

是的，他就是來問問章伊人是不是因為他？如果是，他好勸章伊人回頭是岸。

劉致靖如是對自己說道。

梁珩對御史臺的事務漸漸熟悉起來，虞信中也開始帶著他處理一些案件。

一般案件由御史審核無異議後，即由侍御史簽字畫押，作為批覆。

凡是涉及五品官員以上的大案，則有尚書刑部、大理寺、御史臺同受表處理，謂之「三司推事」。

只是近期沒有揪出五品官以上的大臣犯案，故以梁珩上任半個月，沒有遇到過三司推事。

這天朝上，齊策在龍椅上正襟危坐，梁珩依舊微低著頭，聽前面大臣進奏。似乎一切已畢，齊策正要宣佈下朝，徐恪突然站了出來。

「臣有事啟奏！」

梁珩明顯感覺到身後和他一樣不能發言的小官們，背脊突然挺直，變得緊張起來。

「徐愛卿請講。」齊策調整坐姿，只是微微一動，卻讓人感覺到，齊策似乎如今才認真起來。

「臣要彈劾御史李斯出巡青州，七品官階不依例騎驛驢，卻騎驛馬……」

眾人見沒有扯上自己，不禁鬆了一口氣，又不由抱怨起徐恪來。御史臺的事，自己解決不就行了，非得大動干戈，到朝堂上來彈劾？

齊策顯然也很失望，徐恪近一個月沒有什麼動作，沒承想等了這麼久，就為了這麼一件小事。

齊策聲音明顯帶著失望，還是道：「罰御史李斯三個月俸祿，責令其改過。」

徐恪面無表情，拿出一卷書卷，往上一呈，繼續道：「臣彈劾刑部尚書趙同，三個月前鄭淼一案，三司推事定下了流放，趙同卻私自指示押送兵役，在流放半途放了鄭淼，鄭淼並沒有被押解至沙島。」

趙同臉色一變，呵斥道：「徐大夫，你血口噴人，我為什麼要指示兵役放走鄭尚書?!」

徐恪沒有理會，內侍走下來將徐恪手中的書卷拿走，呈給齊策。

徐恪繼續道：「臣要彈劾戶部，江淮一帶糧倉裡的實際數額，並不如戶部所報三十萬石，四大糧倉均有虧缺，多則十餘萬石，少則七、八萬石。」

戶部尚書王邦安本就提著心，這會兒見徐恪將戶部抖了出來，不由大慌。「徐大夫，你如何得知江淮糧倉虧缺？你有什麼證據？」

徐恪依舊不理會，繼續道：「現今各部不將此事視為首要之急，穀倉廢弛，不將稅糧及時入倉，反而據為己有，深負朝廷一片愛民之心；倘若遇荒年，糧倉不當，饑民四起，天下必動盪不安，百姓流離失所。此為國之重也，臣特請皇上派出使官，前往江淮糧倉查明儲糧，修葺倉廩，若有違者，嚴懲不貸，以儆效尤！」

王邦安臉色脹紅，正欲說話，就聽徐恪又道：「古制有云：大臣為御史對仗彈劾，必驅出，立朝堂待罪！臣奏請皇上，將戶部尚書王邦安驅出，待御史查明真相。」

自齊策上位後，這古制就沒再沿用。徐恪還沒當上御史大夫時，彈劾了不少人，可從沒提過古制！可這會兒提到古制，誰能反駁？若反駁就是否認先帝，甚至先祖！

齊策早已怒火中燒，他自詡上位以來，國泰民安，朝裡的大臣也換了一撥，剩下的明面上都沒有什麼大錯，原來竟真的只是明面上的，暗地裡還是有這些毒害國家的蠹蟲！

不待王邦安想出應對的法子，齊策大喝一聲。「來人，將王尚書押出去！」

王邦安已經做到了一部尚書，沒想到今天會當著文武百官的面，被拖出金鑾殿，不提罪名能不能坐實還兩說，這個臉皮已經臊得沒有了。

梁珩看著素日高高在上的王尚書被押了出去，這一切不過就在一刻之間。

梁珩見身邊似乎人人自危，不由抬頭望向前方那微低著頭、背脊依然挺得筆直的人。徐恪還在不停地彈劾，一個個高官大臣的名字從他嘴裡有條不紊地說出來。

御史大夫新上任，新官三把火，卻遲遲不點，原來竟是集中起來，等著今天風大，好燃起熊熊巨火。

吏部侍郎孫盎被彈劾濫用官職，用官職牟利，連劉竟榮也因為為兒子謀了個差而被彈劾……

徐恪每停頓一下，眾官員的呼吸就是一緊，生怕自己的名字會從徐恪嘴裡說出來。

徐恪彈劾了六、七個官員後，終於停了下來。

其他的可以容後再議，可江淮為大齊的糧食儲備倉，是大齊百姓性命的保障，是重中之重，因此這核查自然要由御史出巡。

齊策正想讓徐恪推薦人選，就在文武百官中，看到了梁珩。

齊策還記得梁珩，對於這個發現天黍的功臣，他本想將梁珩調進京重用，正猶豫是擢升進中書還是門下時，徐恪卻主動跟他要人。

「去江淮審查的事，就交給梁侍御史吧！梁愛卿剛從江淮回來，想必對那邊比旁人熟悉。」

眾人順著齊策的目光往後看去。

梁珩初聽齊策突然點到他，還有些發愣，反應過來後，連忙跪下領旨。

劉致靖站在一旁，微微低著頭。

他知道，既然梁珩能進御史臺，遲早會被重用；至於他爹，劉致靖根本就不擔心，不過是小事罷了，最多被皇上斥責幾句。

梁珩接旨後，回家只來得及交代幾句，便帶上必要的行李，隨著其他幾個御史匆匆出京。

江淮糧倉裡如果沒有虧缺，儲存的糧食足夠大齊百姓吃三年，可一旦虧缺，發生天災人禍、需要糧食時，才真正要命。

如意常過來陪沈蓁蓁，這天梁珩走的時候，如意正好也在。

如意見沈蓁蓁有些擔心，便寬慰道：「小姐放心，姑爺這是奉皇命出巡，不會有人敢為難他的。」

沈蓁蓁勉強笑了笑。「我無礙，只是夫君這一去，不知多久才能回來。」說著又想起一件事。「那事妳考慮得怎麼樣了？」

如意不好意思起來。「菱兒還小呢！我嫁人了，菱兒怎麼辦？」

沈蓁蓁不贊同道：「照妳這麼說，那些有弟弟、妹妹的姊姊就不興嫁人了？妳都要二十了，真想做一輩子老姑娘不成？」

如意見沈蓁蓁像是長輩操心晚輩的婚事一般，心裡不由一暖。雖說沈蓁蓁是小姐，可她們卻有如姊妹般的感情。

如意道：「梵弟最近生意忙，我還沒來得及告訴他，就算決定嫁人，也要和梵弟先商量商量。」

沈蓁蓁點點頭。如意和黃梵兄妹一起生活三年，感情早就如同親人，商量是必要的。

「菱兒妳放心，我們現在已在京裡安定下來了，到時候……」沈蓁蓁本想說將菱兒接過來，可現在菱兒已經和如意一起生活慣了，再接過來，只怕菱兒不願意。

如意知道沈蓁蓁為難什麼，笑道：「小姐託大公子的時候，最好尋個在京城的人家，到時我就將菱兒接過去住。」

沈蓁蓁見如意鬆口，不由心下一鬆，連忙點頭。

可沈蓁蓁沒想到，晚上黃梵就過來了。

黃梵已是大人模樣，身量比梁珩還略高一些，人也壯實許多，臉上輪廓分明，十分陽剛，在商場上磨鍊幾年下來，沒有沾染商人的精明氣息，倒是十分沈穩。

只見黃梵一貫沈穩的面容，竟有一絲焦急之色。

「沈姊姊，如意姊說您要託沈大哥給她找婆家了？」

沈蓁蓁見黃梵深夜前來，只為此事，不由欣慰。果然，黃梵懂得感恩，極在乎如意。

黃梵見沈蓁蓁點頭，動了動唇。「那麼，沈姊姊可有人選了？」

沈蓁蓁搖搖頭。「大哥還沒有回信呢！」

黃梵似乎鬆了口氣，端起桌上的茶喝了一口。「這匆忙間找的人，知根知底，不知其心，萬一對如意姊不好，怎麼辦？」

沈蓁蓁愣了愣。「找的人家都是在你沈大哥底下做事的，知道如意是我的姊妹，自是不敢對她不好。」

黃梵似乎有點著急。「可對方不喜歡如意姊，如何會真心對如意姊好？」

沈蓁蓁這才看清黃梵臉上的著急，認真地看了他一眼。

黃梵似乎有些手足無措，像男子被人發現不可言說的心事，不由自主地慌亂。

「梵弟，你喜歡如意？」

沈蓁蓁沈默一會兒，突然問道。

黃梵一向古井無波的臉，驟然脹紅起來。

第二十四章

黃梵從沈蓁蓁家回去時已是深夜，如意和菱兒早已睡下。

他昨夜很晚才回來，像往常一樣，先去如意那裡坐了會兒。

看得出來如意似乎有事想跟他說，黃梵見她幾次欲言又止，就主動問了一句。

可他萬沒想到，如意竟是跟他商量嫁人的事，一時又驚又急。

他知道如意只當他是弟弟，所以他想等自己長大些，再跟她表明心跡，可他忘了一件事。

如意是姑娘家，二十歲的姑娘早該嫁人了，她等不到他再長大一些了。

黃梵如遭重擊，半晌不能言語，連怎麼走出如意房間的都不知道。他在院中發愣了半天，才想起要去找沈姊姊，阻止這件事。

黃梵回來後，因為夜已深，逕自回屋躺下，卻輾轉反側，失眠至半夜。

他清楚地記得那個大年三十的雪夜。

那時還在泉城，他娘已經過世了，他和妹妹在沈姊姊家過年。沈姊姊和珩哥出去了，很晚都沒有回來，只剩他和如意還有妹妹在家。

妹妹當時已經睡下，他和如意坐著守夜，如意已經很睏了，卻不肯去睡。

他見如意睏得頭一點一點的，怕她栽在地上，就將她的頭輕輕撥至他肩頭。

當時的感覺，他至今銘記在心，不能忘懷。

如意在他肩頭安然睡去，聽著她輕淺的呼吸聲，氣息噴灑在他肩頭，黃梵第一次除了他娘，離一個姑娘這麼近。他僵著身子，一動不敢動，而如意越睡越沈，似乎整個身子都壓在他身上。

黃梵感覺自己身體裡的那根弦被拉得緊緊的，肩膀已經麻了，心好像也慢慢麻了起來。

黃梵不知道那是少年初識情滋味，只知道從那次之後，他再也不能單純地將如意當作姊姊看待了。

他當時不知那莫名的感情是什麼，當如意帶著妹妹和沈姊姊一起離開時，他會對沈姊姊和妹妹的離開感到不捨，可對如意的離開卻覺得很心痛，彷彿被人拋棄一般。她一去，再見不知經年。

還好沒多久，如意就帶著妹妹回了京城。

他欣喜若狂，這時候的他經歷過一些世事，開始明白自己對如意那不同旁人的感情。

黃梵一直在等，等自己的年紀讓如意認可，可現在，他不能再等下去了。

次日，如意起床後，照常去廚房做飯，正準備生火，手中的柴薪就被人抽了過去。

如意抬眼，就見黃梵蹲在她身邊，面色和平常一樣，沒什麼異色。

黃梵用火摺子將柴薪點燃，塞進灶孔。

「梵弟，今天不忙嗎？」

黃梵轉頭看了她一眼，頓了頓，點點頭。

黃梵開了幾家分店後就有些忙碌，很多時候連早飯都來不及吃，但是晚飯從來沒有缺席過，不管多忙，他都會回來吃晚飯，吃完又匆匆走了。

如意沒有多問，站起身來，舀水洗鍋。

剛洗好鍋，準備淘米，就見黃梵已經拿著木桶準備淘米。

如意在灶門前坐下來，黃梵淘好米後，將米倒進鍋中，也在如意身邊坐下來，緊挨著她。

如意和黃梵兄妹一起生活多年，感情勝似親人，也沒有多想。

「梵弟……」

「如意姊……」

兩人同時開口。

「妳先說。」

「你先說。」

兩人難得這麼有默契，如意不禁笑開了。

黃梵轉頭看著如意臉上的微笑，心裡暖暖的。

如意跟他們兄妹非親非故，卻照顧了他們這麼多年，就衝著這點，黃梵這輩子都要對她好。

如意見黃梵看著自己發愣，不禁收起笑容，將臉轉到一邊，不說話了。

黃梵也沈默著。

兩人還是緊挨在一起，黃梵溫熱的體溫傳來，如意漸漸感覺氣氛有些奇怪。為了打破尷尬，如意主動開口。

「店裡生意怎麼樣？」

黃梵點點頭，卻轉了話題，輕輕說道：「如意姊，我想跟妳說一件事。」

如意轉過頭看著黃梵。「你說。」

「我昨天去見過沈姊姊了。」黃梵猶豫著，似乎在斟酌用詞。「如意姊，現在匆忙間找的人，誰知道那人私下是怎麼樣的呢？」

昨晚，黃梵並沒有表態，如意見黃梵這會兒提起此事，也認真聽著。

「我並沒有覺得如意姊年紀大到要馬上找個人，不知其底細就匆匆忙忙嫁給他。」

黃梵說完，皺了皺眉。

這不是他想說的，只是他不知道要怎麼跟如意表明，他知道如意一直將他當弟弟，他若是說出來，如意也許永遠都接受不了。

如意笑了笑。「女人不都是這樣嗎？小姐肯定會先讓我看看人的，而且都是在公子手底下做事的，公子肯定知道那人底細。」

黃梵見如意似乎極為滿意大公子給她找人選，不由急了。「如意姊真的那麼想嫁人嗎？」

這句話容易引起歧義，好像在說姑娘家不矜持、不害臊，急著想嫁人。

如意不由有些生氣，但想黃梵可能不懂這個，他也肯定不是嘲諷她的意思，便道：「梵弟，我快滿二十，也該找個人嫁了。」

黃梵看著如意的眼眸。「如果如意姊要嫁人的話，就嫁給我吧！」

黃梵沒有感覺到自己的嘴唇在動，全都是由心發出的聲音。

如意睜大眼睛，望著黃梵情深意切的模樣，有些回不了神。

「梵弟，你說什麼？」如意喃喃輕問。

那句最困難的話已經說出口，後面的話就顯得容易多了。

「如意姊，嫁給我吧！我一定會一輩子對妳好的。」

黃梵面色鄭重，不是說笑。

如意愣愣地轉過頭，盯著灶孔裡的火焰，感覺自己好像在作夢一般，黃梵如何會說出娶她的話來？

黃梵見如意沈默不語，也沒有逼問她，靜靜地看著她的側臉，等著她回答。

良久，如意還是沒有說話，也沒有再看他。

鍋裡的水開了，黃梵聽到水翻滾的聲音，起身舀米湯。

水氣朦朧間，黃梵看向如意。

如意看著前方，良久都沒有眨眼，似乎還沒有回過神。

直到黃梵再挨著她坐下，如意就像被燙到一般，突然站起身來，轉身就想往外走。

黃梵一把抓住她的手，看向她失神的雙眼。

「既然如意姊要嫁人，為何不願嫁給我呢？我們一起生活了這麼久，我是什麼品性，如意姊還不清楚嗎？我黃梵發誓，只要如意姊願意嫁我，我這輩子絕不會負妳，若有食言，天打雷劈！」

如意在聽到黃梵發下的毒誓後，略回了點神，看向黃梵拉著她的那隻手。男子手掌特有的粗糙和溫度刺激著她，她使勁抽回手，往外走去。

黃梵正要站起身去追，就見菱兒睡眼惺忪地過來了。

「姊姊、哥哥。哥哥，你沒有出去嗎？」

黃梵點點頭，如意卻對菱兒道：「姊姊有事要出去一下。」

菱兒點點頭。

黃梵本想阻止，可一想如意一時半刻接受不了，出去也肯定是去梁家找沈姊姊，便不再說話。

如意走在大街上，黃梵那些話一直迴盪在心間，讓她慌亂不已。

她一直都當黃梵是弟弟，而現在，黃梵卻說要娶她，她怎麼能接受？

她失魂落魄地走了快兩刻鐘，回過神來，發現自己已經到了梁家附近。

如意想了想，這事還是去問問小姐，看她怎麼說吧！

如意來的時候，沈蓁蓁正在吃飯，便招呼如意一起吃。

如意哪裡吃得下，焦急地等著沈蓁蓁吃完。

沈蓁蓁見如意這模樣，猜想黃梵可能已經跟她坦白了，便讓丫鬟上了碗粥，讓如意吃下。

等放下碗，沈蓁蓁慢悠悠問道：「梵弟跟妳坦白了？」

如意不由吃驚，小姐早就知道了？

沈蓁蓁看著如意臉上的驚訝，笑道：「我也是昨晚才知道的，昨晚梵弟來過，妳知道嗎？」

如意點點頭。「他今天才告訴我的。」

「妳是怎麼想的？」沈蓁蓁問道。

如意低下頭，半晌輕輕說道：「我只當他是弟弟。」

沈蓁蓁心裡不由嘆了聲可惜。

黃梵是什麼樣的人，如意想必比她還清楚，若再想找一個比黃梵更適合的人，只怕沒有了，可感情的事是勉強不來的。

「妳想好了嗎？」

如意沈默良久，才輕輕點了點頭。

如意回去時，已是日落西山。

黃梵在東市買了一棟小院子，如今三人就住在這兒。

如意開門之前，心裡不由有些忐忑，想到要見到黃梵，頓時有些尷尬。

好在黃梵不在家，如意鬆了一口氣。
女西席先生每天下午都會過來，這會兒菱兒正在西廂練字。
如意在窗外看了一眼認真寫字的菱兒，沒有進去打擾，悄悄走開了。
她坐在灶門前準備生火，剛將柴薪拿起來，就想起今早黃梵將柴薪接過去時，不小心碰到了她的手。
當時她沒在意，如今想起來，感覺被碰到的地方似乎在發燙。
她慌忙搖搖頭，將腦中亂七八糟的念頭甩開。
西席先生上完課，過來跟如意打了聲招呼就告辭了。
菱兒走進廚房。「姊姊今天去了沈姊姊家嗎？」
如意輕輕應了一聲。
「妳哥哥呢？」
剛問出來，就被自己嚇了一跳，怎麼問起黃梵來了？
菱兒頭上梳著兩條辮子，火光在菱兒白淨的臉上一閃一閃的。「哥哥去酒樓了。」
如意應了一聲。
很快地，如意做好了飯，不久，黃梵回來了。
他看著廚房熟悉的身影，鬆了口氣，他擔心如意會住到沈姊姊家不回來了。
以往黃梵回來，兩人必會打聲招呼，但今天兩人誰都沒有說話。
黃梵淨好手，將灶臺上的菜端到院中桌上。

現在已是盛夏，在院中吃飯比較涼爽。

如意出了廚房，就見黃梵已經將她的飯盛好了。

三人坐下吃飯，還是沒人說話。

菱兒感覺今天的飯桌似乎有些安靜，雖然平時哥哥不大愛說話，但以往總會說幾句的。

菱兒打破沈默，說起今天西席先生的教學內容。

如意看著菱兒笑顏如花的模樣，感到欣慰。

一開始菱兒和她們一起生活時，還是個小丫頭，總帶著一股寄人籬下的小心翼翼，如今總算像是個活潑的小姑娘了。

黃梵看了看妹妹，又看向如意，目光深切，不乏感激。

如意餘光瞥到黃梵在看她，忙不迭地低下頭，避開他的目光。

看著低下頭的如意，黃梵不由有些失落，以前如意不是這樣對他的。

飯後，如意準備收拾碗筷，卻被黃梵搶先一步。

「你去忙吧！」如意輕聲道。

「我洗了碗就去，不礙事。」黃梵轉頭對如意笑道。

如意不敢直視黃梵，見黃梵要收拾，也不跟他多爭，逕自轉身進屋。

天色已經暗下來了，如意點了燈，抬眼就見桌上燈線籠裡有一雙還沒做完的鞋子，是給黃梵的。

如意拿起其中一只，嘆了口氣。

三天後，梁珩一行人以欽差巡官的身分到了此次江淮行的第一州，柳州。
柳州州牧秦褚一早就得到巡官御史即將到達的消息，大清早就出城，到碼頭迎接。
過不久，一艘不大起眼的小船緩緩向碼頭駛來。
秦褚沒有將這艘小船當回事，也沒有將上面下來的一行人當回事，依然在碼頭焦急地等待巡官御史們。
直到御史們已經住進驛站的消息從城裡傳來，秦褚頓時震驚。
御史什麼時候進城去的？
他匆匆忙忙回城，到了驛站，果然就見驛站四周站了幾個衛兵。
秦褚正準備進去，卻被人攔下了。
「什麼人?!」
秦褚有些光火，自己這一身緋色官服，這衛兵是瞎了不成？但他還是強忍下怒氣。
身後的隨從知道這會兒該自己出聲了，便上前一步，喝道：「這位是我們秦州牧，是過來見御史大人的！」
衛兵還是無動於衷。「御史大人有吩咐，舟車勞頓，任何人不得打擾。」
秦褚見這衛兵態度如此強硬，不由怒氣更甚。
那些御史不過是七、八品的小官，仗著是皇上派來的巡官，就對他們這些五品大員頤指氣使。

但沒辦法，如今自己的官位還掌握在這些小官手中，若他們回京瞎說一通，說不定皇上就這麼信了。

秦褚只好憋著一肚子火氣回去了。

梁珩並不知道秦州牧來過，不過晚上時，秦褚遞了帖子來，說是要給諸位御史巡官接風洗塵。

秦褚並不意外這些御史會拒絕，畢竟御史不像其他京官那麼好打發。

休整一夜，次日清晨，梁珩等人吃了些早點，派人去通知秦褚，直奔目的地——含嘉倉。

柳州的含嘉倉是江淮四大糧倉之一，裡面儲存二十餘萬石糧食，幾乎是整個江淮一帶一年的稅糧。

梁珩等人到了含嘉倉沒多久，就見幾輛馬車往這邊駛來。

馬車停穩後，一個身穿緋色官服的中年人從第一輛車裡下來，後面兩輛也下來兩個人，皆穿著低階綠色官服。

梁珩猜測，後面的應該是負責管理糧倉的官員。

就算沒人介紹，梁珩也知道第一人肯定是柳州的州牧秦褚，因為整個柳州只有州牧一人有資格穿緋色官服。

「眾位御史們遠道而來，辛苦了，本官有禮了！」秦褚笑著朝眾人拱了拱手。

梁珩看了看秦州牧，一張四方臉，模樣倒是很正派，下巴處留了一小撮鬍子。

梁珩也拱了拱手。「秦州牧客氣了。」

秦褚看向眼前的年輕人。他已經得到消息，這次巡官帶頭之人是上次發現天黍的縣官，才剛擢升進京。

秦褚心裡不由有些看輕梁珩，不過是靠運氣升官的毛頭小子，能有多少才幹？但他面上沒有露出半分，反而笑意盈盈地跟梁珩說起客氣話來，讚他年輕有為。

梁珩聽秦褚左一句、右一句地捧他，不由微微皺眉。「秦州牧，我等奉皇命來核查糧庫，先進倉去驗看糧食，別的話容後再說吧！」

秦褚不由一怔，心裡更加認定梁珩不過是個初出茅廬的小毛頭，連官場最基本的禮儀都不懂，不知道以後會得罪多少人，只怕怎麼死的都不知道。

秦褚沒有發作，勉強笑了笑，道：「梁大人說得是，我們這就去驗糧。」

秦褚在前面帶路，一行人走進含嘉倉的大門。

含嘉倉是地下儲糧的糧倉，進了大門不遠，就見到一個個像是倉庫模樣的房間，足有五、六十個。

秦褚帶著眾人走進第一間。

只見倉內有兩、三個圓形蓋子，方圓一丈有餘，秦褚命守糧倉的衛兵打開其中一個蓋子。

梁珩等人走近兩步，往裡面一看，就見滿滿都是土黃色的稻穀。

梁珩看向一旁的官員，問道：「這位是管理糧倉的庾曹嗎？」

那看著年過五十的小吏連忙躬身答道：「回御史大人，下官正是。」

「你來說說這含嘉倉的情況。」

那小吏抬頭看了一眼秦褚，見秦褚蹙著眉頭，忙低下頭來，說道：「含嘉倉一共有存糧二十八萬石，像這樣的倉庫有六十個，每間存糧四千五百石，每間三個地窖，每窖存糧約一千五十石。」

梁珩點點頭。這地窖不像地上糧倉方便核驗，這些糧食要是都挖出來，一、兩個月都挖不完。

他不禁微微蹙眉，要怎麼查驗，倒是有點難辦。

梁珩等人又察看了其他的倉庫，看著都是滿的，只是不知道下面是否都是糧食？

秦褚一直觀察著梁珩的表情，只是梁珩的臉上沒什麼明顯的變化，讓他有些摸不透。

梁珩等人看了一圈就回驛站，他一路都在思考，這糧食要怎麼核驗？

到了驛站，梁珩又詢問其他御史有沒有什麼法子，幾人皆搖頭。

當御史這麼多年，也有人出巡過糧倉之州，只是都是來看一眼，最多往下挖一點，不見有異，就算通過。

梁珩卻想，這糧食儲存在地底下，上面給他們檢查，自然得放糧食，但下面就可以做手腳了。

可他也知道，要將糧食都挖出來驗看是不可能的。

那要怎麼檢驗真偽呢？

「梁大人，不如隨意抽選幾個地窖，城外就有湘軍，跟秦州牧商量一下，讓他調軍過來挖糧。」一御史建議道。

梁珩想了想，這樣只要兩天時間，應該就能將糧食都挖出來。只是去州牧府找秦褚商量的御史很快就回來了，臉色不大好。

「大人，秦州牧說城外湘軍不歸他管，他無權調遣。」

梁珩道：「那城內的守軍呢？城內守軍也有千餘人吧？」

御史道：「下官也說可以調遣城內的守軍，可秦州牧說城內守軍要保衛城池和百姓，不能離守。」

梁珩皺了皺眉。

看來這秦州牧是早有準備，算準了他們會請他幫忙，而這糧倉若是有問題，秦州牧巴不得他們查不出來，怎麼會幫忙？

御史道：「大人，要不我們去找些百姓過來？」

梁珩搖搖頭。

強龍不壓地頭蛇，秦褚既是早有準備，肯定也已經想好對策，說不定這裡的百姓都被警告過了，若去找百姓來幫忙，他們一走，只怕這些百姓要遭殃。

皇上正焦急地等待結果，這事不能多拖，還須另想法子。

吃完晚飯，梁珩在驛站裡走了走，一路思索對策，不覺走出了院子，似乎走到了驛站後面。

驛站地處官道旁，後面是一座矮山，長滿了高山竹。成竹寬約兩寸至三寸，竹節高，竹身直。

梁珩看著眼前這一片翠竹，突然有了主意。

次日，秦褚很晚才起身，嬌妾正伺候他洗漱，丫鬟就進來通傳，說糧倉那邊派人過來，有要緊事。

秦褚一聽是糧倉那邊派來的人，當即走出房間。

「什麼？那些御史來驗糧了？」

秦褚聽完稟報，不禁大驚。

難不成那些御史真要自己挽起袖子挖嗎？秦褚不信。

但秦褚還是馬上出門，往糧倉趕去。雖然現在看起來高枕無憂，但說不定那些御史會想出什麼法子來。

待秦褚匆忙趕到糧倉，就見一眾御史圍在幾個衛兵身邊，幾個衛兵正合力將一根竹竿往糧倉裡插。

看來梁珩是想用竹竿將裡面的糧食帶出來檢驗，秦褚提心弔膽地看著眾人忙活，祈禱那細長的竹子插得不深。

幾個衛兵艱難地將竹竿往下插，稻穀越到底下塞得越緊實，也越難插入。

倉庫內很悶熱，沒多久眾人就滿身大汗。

終於，竹竿插到底了。

幾個衛兵合力往外抽出竹竿，梁珩等人也上前幫忙，眾人合力將竹竿抽了出來。好在這高山竹十分堅韌，一般竹子只怕早就斷裂了。

梁珩顧不上多休息，認真地看著衛兵劈竹子。

只見竹子的細頭部分，約一半全是糧食，再往下劈，一整節都是土。

秦褚頓時面無人色。

梁珩面色凝重地看著那長約四、五寸的泥土，吩咐御史將情況如實記錄。

秦褚腿一下就軟了，這梁珩怎就這麼較真呢？

秦褚看著梁珩帶人一個糧倉、一個糧倉地查下去，越發感覺脖子涼颼颼的，腦袋似乎已經和脖子分開了。

整整查了一天才查完一半，三十個地窖都是如此。

跟著梁珩的御史都沈著臉，其實相比查出問題，他們都希望查不出問題來。

要明白往年都有御史出京江淮巡查糧倉，這麼大的問題，這麼多年都沒有查出來，御史臺有多無能，或者說，御史臺的御史們有多乾淨？

所以，就算後面有御史發現糧倉有異，也不會上報。

梁珩沈著臉，見幾個衛兵已經累得手都抬不起來了，本想連夜徹查糧庫，也不得不停下。

他沒有理會一旁試圖與他搭話的秦褚，逕自帶著人回了驛站。

當夜，梁珩在燈下看書，聽到一陣敲門聲。

他打開門，就見門外站著一個人，不待他分說，快步闖進屋，將一個木箱放在屋內的桌上，轉身就想走，卻被梁珩迅速攔下。

「你是誰？誰讓你給我送東西？」

那人低著頭，輕聲道：「大人打開就明白了。」說完那人撞開梁珩的手，快步出了房門。

等梁珩追出去，只能看到拐角處的一片衣角。

他沒有再追，心裡隱隱有了答案。

梁珩走回房間，打開桌上的箱子，果然就見箱子裡，整整齊齊地放著半箱銀票，數額都是五十、一百、一千兩不等。

他當即派人叫醒所有已經睡下的御史，接著站在桌旁，等所有御史到齊。

等御史們都到了，梁珩打開桌上的小箱子，說道：「這是剛才有人送來的。」

御史們都不作聲，送銀的人是什麼意思，不言而喻。

「他並未留下名諱，不知是誰送來的，也還不回去。」

御史們聽梁珩這裝糊塗地一說，不由暗自思忖。梁侍御史莫不是想把這筆銀子占為己有吧？還把他們所有人都叫過來，難不成是想拉他們下水？

當即就有御史表明態度。「梁大人，這銀子肯定是秦……」

不待他說完，梁珩直接道：「這銀子是誰送的，不能妄斷。」

那御史還想說話，梁珩揮手打斷他。

其餘御史見梁珩這模樣，不由心想，原先聽說梁御史極為清廉，如今看來，傳言不可盡信。

正當御史們思忖自己該怎麼做時，梁珩轉向負責記錄的楊贇、段續兩御史。

「兩位大人清點一下銀票數目，登記在冊，等回京後，請皇上定奪！」梁珩說著，朝天拱了拱手。

御史們沒想到梁珩打的是這個主意，一時面面相覷，不過梁珩這樣做，似乎更合適。

次日，梁珩等人依舊去糧倉驗糧。

秦褚昨晚差人送了銀子後，一直緊張地等著消息。他早就聽說梁珩廉潔的名聲，這銀子，梁珩有可能不會收。

可左等右等，秦褚都沒聽到驛站那邊有什麼消息傳來。

梁珩這是將銀子收下了？秦褚左思右想，既高興，又有點難以置信。

要知道，江淮這一帶，沒人不知道梁珩在任三年，沒拿過百姓一釐一毫的名聲啊！

難道梁珩窮怕了？雖然當官有俸祿，但這俸祿只夠養活一家老小不餓肚子，想生活得優渥點是不可能的。

不管怎樣，次日秦褚大清早就在糧倉處候著，一見梁珩他們來了，便殷勤地上前打招呼。

梁珩的態度沒多大變化，依然有禮而客氣。

秦褚見梁珩沒什麼異色，更加堅信了自己的想法，提著的腦袋總算落回了脖子上。

後面三十個倉庾，下面多半沒有泥土，但底下的糧食都已發霉，不能再吃了。

不僅秦褚心驚膽戰，他身後的糧官也都腿軟得走不了路。

梁珩面色依舊嚴肅，不置可否，只讓後面的御史如實記下。

秦褚本來稍稍安心，見梁珩並沒有收手的意思，還讓御史如實記下，又有點摸不清這梁御史的意思。

難道是嫌銀子少，藉著驗糧敲打敲打他？抑或是，手底下御史都看著，不能替他掩護得太明顯？

是了，這些御史也是需要銀子封口的。

是夜，梁珩又收到了一個箱子。

比前面那個更大，裡面也塞滿了銀票，足有數萬兩。

梁珩依然叫來同行的御史，登記在冊後，不動聲色。

次日，秦褚滿懷希望地送走了梁珩一行人。

臨上船前，秦褚湊到梁珩跟前，輕聲問了句。「梁大人，這糧倉的事……」

梁珩冷冷笑了笑。「秦大人好自為之。」說完不再理會秦褚，轉身上船。

梁珩的意思很簡單，就是：秦褚，你完了。

可是秦褚想了半晌，強行說服了自己，安心回府了。

黃梵明顯感覺到最近如意是刻意躲著他。

每天除了在飯桌上能和她說上幾句話，其餘時間根本就沒機會，他一走過去，如意要麼離開，要麼不說話，最多應幾聲。

這天早上，三人吃過早飯，黃梵搶先將碗收進去洗，出來見如意並沒有離開，依然坐在飯桌前，正和菱兒說著話。

黃梵心裡一鬆，也有些高興。

如意終於想明白了嗎？

「梵弟。」

這幾天，如意都沒有主動叫過他，黃梵不由一喜。

可他很快就被一盆冷水淋了頭。

「梵弟、菱兒，如今你們大了，我也該回小姐身邊了，等我走了以後，你們就買兩個丫鬟吧！」

黃梵的笑意凍結在臉上，驚立當場。

「如意姊姊，妳不要菱兒了嗎？」這麼多年，菱兒都跟如意生活在一起，如意早已成為她生命中不可分割的親人了。

如意轉過頭，看著眼含淚光的菱兒，勉強笑了笑。

「姊姊沒有不要菱兒啊！妳沈姊姊家就在京裡，妳若想姊姊了，就過去看姊姊，雖然小姐已經將賣身契還給我，但我始終是沈家的人，這麼多年沒能照顧小姐，如今你們大了，我也該回去了。」

菱兒聽懂如意的意思，咬咬嘴唇不說話了。如意姊姊確實是沈姊姊的丫鬟，只是因為要照顧他們，才離開沈姊姊。

「不能讓沈姊姊重新買一個丫鬟嗎？」菱兒想了一會兒，又道。

如意看了看菱兒快掉下的眼淚，心中也極為不捨。她自小沒有家人，和小姐的感情雖然親如家人，但尊卑觀念畢竟從小就刻在她骨子裡。

可黃梵兄妹不一樣，他們相識於微末，這種感情最難以割捨。

菱兒知書達禮，明白如意說的話。她不能因為捨不得如意姊姊，就不讓她回去。

黃梵一直看著如意，他想看看她是不是真的這麼無情？

如意起身進了房間，菱兒轉身也回了房間，她不想讓如意姊姊看見她忍不住的眼淚，她知道如意姊姊也很難過，她不想讓她更難受。

如意正收拾著衣裳，就聽到後面傳來一句問話。

「妳真的非要離開嗎？」

如意沒有轉身，因為她的眼淚被這一句問話給逼了出來。

她輕輕吸了一口氣，裝作輕鬆道：「對啊！是時候該回去了，以後你們也可以經常來小姐家做客。」

她剛說完，就被黃梵拉住手腕，被逼得轉過身來，看到面上神色似難過、似憤怒的黃梵，離她很近，兩人相距不過半步。

如意下意識想將黃梵的手甩開，可黃梵用力地握著她的手腕，固執地不肯放手。
「為什麼？為什麼妳肯嫁給那些素未謀面的男人，就是不肯嫁給我？」
如意看著黃梵悲痛絕望的神色，話語在喉間哽住，愣愣地說不出話來。
「嫁給我，我會疼妳一輩子。」
如意不敢直視黃梵悲痛深情的眼眸，低著頭道：「我只把你當弟弟。」
「我不是妳弟弟！」黃梵突然大吼了一句。
見如意被嚇了一跳，黃梵又急又悔。
如意呆愣間，被黃梵猛然一拉，跌進一個堅實的懷抱裡。
「我不想做妳的弟弟，我要做妳的男人……」
黃梵緊緊抱著懷裡的人，低沈嘶啞，說出了壓抑許久的話。
如意從沒意識到，黃梵已經長這麼大了，他的懷抱堅實而溫暖，像個真正的男人。
「別走，好嗎？」
幾近哀求的話入耳時，如意感覺到幾滴熱淚滑落她的脖頸，一路往下，直流入她的胸口。
「暢兒，你在哪裡滾了這身泥？」
沈蓁蓁無奈地看著兒子，一身寶藍色的小短衫上裹了許多泥，紅撲撲的小臉蛋上也沾了不少。

和暢低著頭，不敢說話，小腳在地上搓了搓。

沈蓁蓁拉起兒子，吩咐丫鬟碧兒去打水來。

沈蓁蓁正給兒子洗臉，碧兒就進來說黃梵來了。

她讓碧兒請黃梵進來。

黃梵一走進堂屋，見沈蓁蓁正在給和暢洗臉。

「沈姊姊。」

「快坐，我先給暢兒洗臉。」

黃梵見和暢一身泥，笑道：「暢兒在哪裡滾了這身泥？」

和暢扁扁小嘴，不說話。

「暢兒，快叫叔叔。」沈蓁蓁對兒子道。

和暢抬眼看了黃梵一眼，黃梵沒來過沈家幾次，和暢還不大認識黃梵，小聲叫了一聲叔叔。

等和暢換了一身乾淨衣裳，黃梵將和暢抱到了腿上。和暢極不情願，卻還是忍著沒有鬧著要下地。

沈蓁蓁讓碧兒上茶，黃梵低頭逗了和暢幾句。

和暢奶聲奶氣地讓黃叔叔帶他出去玩，在江寧時，梁珩散卯後，總會帶著沈蓁蓁和兒子出去走走，自進京後，和暢只跟娘出去過一次。

沈蓁蓁見兒子想要出去玩，笑道：「以前只有你珩哥在的時候，我們才敢帶他出去，和暢這孩子腳力好，一下看不住就跑不見了。京城不像江寧那個小縣城，要是丟了不知上哪兒找，所以進京後，我就不敢帶他出去了。」

和暢聽娘這麼說，連忙對黃梵道：「我不會亂跑的！」

和暢一雙大眼睛極像沈蓁蓁，鼻眉和臉型卻跟梁珩極為神似。

黃梵答應和暢，說下次有空就帶他出去玩，和暢高興地抱著黃梵的脖子親了一口。

沈蓁蓁知道黃梵生意忙，這會兒上門定是有事，便讓碧兒帶著和暢出去玩，才開口問道：「梵弟這是有事？」

黃梵沒有躊躇，亦沒有隱瞞。「姊姊，如意……姊說她要回來了。」

沈蓁蓁有些吃驚。「回來做什麼？」

「她說離開姊姊太久，要回來照顧姊姊。」

沈蓁蓁皺皺眉。看樣子，如意真對黃梵只有姊弟之情了，上次如意還說要再留兩年照顧菱兒，不想嫁人，這次卻要回來了。

「感情是兩人你情我願的事，我不好摻和，我去問問如意是什麼意思，如果如意真的……我也只能尊重她的意思。」

黃梵沈默不語，心底卻不由深深一嘆。

等黃梵走了，沈蓁蓁走出垂花門，轉過拱月門，就見兒子蹲在假山下，小肩膀一動一動的，不知道在做什麼。

沈蓁蓁輕輕走過去，就見兒子正在玩泥巴，小手裡揉著一團泥巴，一旁地上還放著兩團。

和暢每天只能在家裡亂跑，沒有人跟他一起玩，沈蓁蓁不由心疼，想再生一個的念頭更強烈了。

和暢終於看到娘站在他身後，正看著他幹壞事。

和暢連忙站起來，想去拉沈蓁蓁，看到自己手上沾滿了泥，低頭一看，身上也沾上了，小手慌忙在小水塘裡洗了洗。

洗完，他低著頭，不敢說話。

沈蓁蓁朝兒子走近，拉起他還沾著泥巴的手，看著地上的泥團，問道：「暢兒，你捏的是什麼啊？」

和暢見娘沒有生氣，頓時笑開了。

「我捏的是爹和娘。」說著又指向地上慌忙扔下的小泥團。「這是暢兒。」

和暢笑瞇了眼，露出兩顆小虎牙。

沈蓁蓁拉著兒子回房，幫他收拾乾淨後，帶著兒子出門。本想坐馬車過去，又想兒子一直想出門，就拉著兒子走路過去。

和暢腳力很好，走了很遠也不覺累，反而一路興致勃勃。

母子倆走了快兩刻鐘，才來到黃梵家。

如意聽到敲門聲，過來打開門，就見小姐帶著和暢站在門外，十分驚喜。

「小姐，您來了？快進來！」

沈蓁蓁笑了笑，低頭讓兒子叫人。
和暢還記得如意，叫了聲「姨姨」。
如意伸手牽著和暢，和暢乖乖地讓如意牽住了小手。
沈蓁蓁進了院子，見院子只是一進的，有些驚訝。「你們這院子很小啊！」
如意笑了笑。「就我們三個人，也沒有下人，住不了那麼大的院子，梵弟就沒買大院子。」
說到黃梵，如意明顯有些不自然。
她將兩人帶進堂屋，請沈蓁蓁坐下，又張羅著給她倒茶、上點心。
沈蓁蓁拿了一塊點心給和暢。「菱兒呢？」
「還在午睡呢！」
沈蓁蓁點點頭。
如意猶豫了一會兒，還是說道：「小姐，我想著梵弟兄妹已經大了，我也該回去了。」
沈蓁蓁道：「妳現在是自由身，回來做什麼？」
「我的命是小姐救的，就是沒有那一紙契約，我還是小姐的丫鬟。」
沈蓁蓁認真道：「就算妳欠我，也早就還清了。現在，妳就是妳，妳的人生也是妳自己的，妳要去做自己想做的事。」
如意沈默了，似乎有些迷茫。
沈蓁蓁繼續道：「所以妳不用回來，就算妳決定回來，也不應該是回來照顧我，而是回來和我們一起生活。」

如意真的不欠她什麼，應該說，是她還欠著如意。如果沒有如意，前世她會更悽慘，這世也可能不會這麼幸運。

可以說，如意是她和梁珩的紅娘。

沈蓁蓁見如意眼泛淚光，不覺想起以前，不禁感慨不已。

如意沈默半晌，輕輕說道：「可是，小姐，我遲早要嫁人的，照顧不了菱兒多久了。」

「妳真的不考慮梵兒嗎？」

如意沈默不語。她本該一口肯定，可這會兒卻有了一絲猶豫。

「為什麼不考慮梵兒？」沈蓁蓁又問道。

如意想了一會兒，輕聲道：「一直以來，我都只把他當弟弟。」

「可梵兒畢竟不是親弟弟，我能看得出來，梵兒是真心喜歡妳。」

如意微微紅了臉，黃梵到底為何喜歡她，她至今都不明白。

「那些男人，妳未必會喜歡，他們也未必會真心好好待妳；可梵兒不一樣，梵兒重情重義，就算沒有感情，憑著恩情，這輩子都不會虧待妳。」

如意低著頭，沒有接話。

沈蓁蓁又勸了幾句，就不再說了，如果如意真的不願意嫁給黃梵，她也不想逼她。

等沈蓁蓁牽著兒子回去後，如意背靠著院門，愣怔間，忽地想起那天黃梵將她抱入懷中，幾滴熱淚似乎鑽進了她的心，時不時隱隱發燙。

黃梵依然在晚飯時分回來，幫忙將菜端上桌。

吃飯時，黃梵就坐在如意對面。

如意不自覺抬眼看向黃梵，如今黃梵身材極為高大，下巴處有隱隱的鬍鬚，劍眉入鬢，四方眼有些細長。

黃梵一直注意著如意，見她愣愣地看著自己，抬起眼來，就見如意神色有些複雜，似乎在走神兒，連他望向她都沒察覺，沒像之前那樣，兩人只要眼神交會，就會避開。

菱兒看著如意姊和哥哥兩人互相對望，低下頭不作聲。今天她聽到沈姊姊和如意姊姊的談話，很震驚，也十分高興，要是如意姊姊做了她的嫂子，以後就再也不用擔心如意姊姊會走了。

良久，如意反應過來，見黃梵也望著自己，連忙低下頭，胡亂往嘴裡塞了一口米飯。

黃梵暗暗嘆氣。

飯後，黃梵在廚房洗碗，就見如意走了進來。

黃梵忙停下來。這幾天如意一直避著他，這會兒主動走進來，肯定是有事對他說。

如意走至灶臺旁，距黃梵不過三步，低頭看著黃梵的鞋。

黃梵不開腔，等著如意開口。

「黃梵……」

黃梵一震，如意從來沒有叫過他的全名。

如意像是下了決心一般，抬眼看向黃梵。

黃梵腰間圍著一塊青布，雙手袖子挽在肘間，正緊張地等她說出下文。

如意咬咬唇，輕聲說道：「我要是嫁給你，你會一輩子對我好嗎？」

第二十五章

下一州是邙州，興邙倉。

一天後，梁珩等人到達了邙州。

邙州州牧李肅原先任職工部侍郎，後因犯了錯，才被貶到邙州這裡做了州牧，時任不過一年。

李肅得到消息後，立刻命人檢查糧倉，沒想到糧倉真的有問題，窖底墊了幾層木頭，一窖糧食不過半數。

糧食入倉之前都會曬乾，所以一旦入倉，五年一換。

李肅當年上任時，也開倉驗了糧，他沒想到前任州牧竟敢在糧倉這事上動手腳，而這會兒發現，似乎已經晚了，臨到核查前才說自己不知糧倉有問題，誰會相信？就算相信，失職這一責，怎麼都跑不了。

邙州通判王廂見李肅著急上火，建議道：「李大人，何不將這窟窿補上，這樣你我都無虞？」

李肅急問道：「這窟窿何止十萬石？如何能補？」

王廂湊到李肅跟前，耳語了一番。

李肅瞪大眼睛，看向王廂。

王廂朝他點了點頭。

隔日清晨，梁珩等人抵達了邙州碼頭。

通判王廂一早就帶人出城來迎接，本來王廂想請李肅跟著一起來，李肅卻說什麼也不肯來。

王廂作為邙州的第二把手，只好由他負責。

梁珩等人一下船，就見一個身穿綠袍的官員迎了上來，朝眾人拱手道：「請問可是御史大人們？」

梁珩走在前面，沒接話。

後面一御史道：「正是。」

王廂笑了笑。「眾位大人遠道而來辛苦了，李州牧已經在聚仙樓定下席面，給眾位御史大人們接風洗塵。」

梁珩不禁皺了皺眉，道：「我等自水路而來，並未沾上風塵，接風洗塵就不必了，還要麻煩這位大人指點去驛站的道。」

王廂見梁珩雖然面容極為年輕，卻走在最前面，想來是那個前兩年大出風頭的梁珩沒錯了。

王廂只是客氣一說，見梁珩果然拒絕，也不多言，指著旁邊停著的一列馬車道：「下官已經為諸位御史大人們備好馬車，請御史大人們上車，送大人們去驛站。」

梁珩道了謝，領著御史們坐上馬車，其他衛兵們則走路過去。

江淮的驛站不似那些建在窮鄉僻壤的驛站，大多修葺得很精緻，住宿條件也極好。

梁珩等人在驛站休整了一個時辰，才派人去州牧府送信，通知他們要去驗糧。

李肅接到信，坐在書桌後，抬頭看向窗外的蒼穹。他感覺眼睛有些刺疼，閉了閉眼，兩滴濁淚落了下來。

他前半生順暢，一甲進士及第，授職除官，一路坐到從三品的工部侍郎，後半生卻開始走起了霉運。

或許是前半生一直堅持原則，在官場上不懂得圓滑地待人接物，才導致後半生官場不順。

李肅深深嘆了口氣，他開始思考，若是前半生在官場上能左右逢源，他如今是否還是前途可期的工部侍郎？

李肅到底還是出了門，來到糧倉時，梁珩等人還沒到。

略等了一會兒，過沒多久，一隊馬車往這邊駛來，後面跟著幾輛牛車，牛車上還拉了滿車的竹竿。

梁珩一下車，就見一個身穿常服的中年男人站在糧倉大門前，像是普通百姓。

等眾人走近，李肅朝眾人拱拱手，道：「眾位遠道而來辛苦了，本官是本州的州牧，李肅。」

梁珩也朝他拱拱手。「李大人有禮了。」

李肅是五品州牧，論官階比梁珩高了一級，但梁珩是奉旨出巡，可不對地方官行禮。

李肅看了一眼牛車上的竹竿，苦笑道：「梁侍御史不必勞累了，前幾天我已經驗過糧倉，這糧窖底下墊了好幾層木頭，想來每窖之前存的糧食，不過半數。」

眾人見李肅這麼坦白，不由驚訝。

梁珩也很是驚訝。

「李大人？」

李肅苦笑了下。「侍御史若是不放心，也可將糧食挖出來查驗，本官這就將城外的湘軍叫來。」

梁珩道：「不必麻煩李大人，我們用竹竿即可查驗。」

李肅點點頭，沒有看一旁臉色慘白的王庾，側身讓梁珩等人進去。

之前王庾給李肅的建議，李肅並沒有採納，而王庾只是第二把手，李肅不同意，他也沒有辦法。

現在好了，誰都別想好活了。

一經查驗，果然如李肅所說，每窖存糧，不過半窖。

梁珩讓段續如實記錄在冊，李肅則頗有些失魂落魄地站在一旁。

一年以前，李肅還是京官，是以，其他御史都認識李肅。楊贇跟李肅是同一年進士，楊贇見過李肅的風頭無兩，本是清貧，卻至中年就做到了工部侍郎，原先見李肅官運亨通，還曾豔羨不已，如今見他落魄至此，也不禁感慨萬千。

李肅回了府邸，一家老小都跟著他來了邙州。李肅本來有些心灰意冷，一看到家人，又燃起了一絲希冀。

就算是因此丟官，也總比丟了命好。

深夜，梁珩見李肅拜訪，還以為他的目的和先前柳州州牧一樣，沒想到李肅只是請求將他不知情的情況寫上去。

「梁大人，這事是我失職，去年我上任時，見糧倉是滿的，就沒查驗。唉……不求梁大人替我美言，只求大人能將我說的這些事實上達天聽。我……我真的冤啊！」

梁珩最終答應下來，不是因為他覺得李肅痛哭流涕的模樣讓他相信他的話，而是他知道，冰凍三尺，非一日之寒。

一行人在次日離開邙州，趕赴下一個糧倉，豐盧倉。

梁珩一下船，就見一個身穿緋色官服的人站在陰涼處，是盧州的州牧譚懷義。這時一個小吏上前詢問他們是不是從京裡來的？

得到確切回答後，那譚州牧快步迎了上來，走到十步開外就笑著對眾人拱手。「諸位大人遠道而來，真是辛苦了！」

梁珩也朝他拱了拱手。「譚州牧客氣了。」

譚懷義又朝梁珩拱了拱手。「久聞梁侍御史大名，真是百聞不如一見，梁侍御史果然是人傑啊！」

譚懷義點到為止，沒有讓梁珩等人住進州牧府。

他指了指旁邊停著的幾輛馬車，道：「我為眾位大人準備了馬車，眾位大人舟車勞頓，請先到驛站稍做休息。」

梁珩拱手道謝。「有勞。」

譚懷義一直送他們至驛站，道：「不知梁大人準備何時開倉驗糧？不瞞大人，這糧食入倉幾年，從未挖出來過，我擔心底下糧食有壞，擔心得茶飯不思啊！大人一天沒有驗糧，我就一天難安，還望大人盡快驗糧！」

梁珩看著譚懷義臉上的著急神色，似乎真的很希望他們盡快驗糧。

梁珩點點頭。「下午就會去，譚大人別著急。」

譚懷義得到梁珩的准信，笑了笑。「多謝梁大人，那梁大人看需要什麼，我命人去準備。」

梁珩見譚懷義的著急神色不似作假，道：「如此，請大人幫忙準備六十根竹竿吧！」說著又將需要的尺寸和長度說了。

譚懷義滿口應下，立刻去準備。

梁珩看著譚懷義的背影，一時弄不明白這譚州牧是什麼意思，難道豐廬倉沒問題，所以譚州牧如此安之若素？

他倒是希望如此，否則若是四倉都有問題，只怕會令龍顏大怒。

下午，梁珩還沒讓人去通知譚懷義，譚懷義就帶著人過來等候梁珩他們了。

梁珩見譚懷義如此積極，心懷希冀的同時，也不由存了一絲疑惑。這糧倉若真沒問題，譚州牧也不必如此著急吧？

可五十來個糧倉驗下來，除了底部糧食有些腐爛外，糧窖裡真的裝滿了糧食，一窖不少。

眾御史終於鬆了一口氣，比起缺少來說，糧食腐爛的問題算不得什麼，四倉總算有一倉能稍微跟皇上做交代了。

晚上，梁珩躺在床上，一直反覆回想今天的事。

雖然糧倉驗得很順利，實存糧食的數目沒有缺少，他卻總感覺有些奇怪。

良久，梁珩說服自己，或許是先入為主的關係，一開始就認為這些糧倉都有問題，所以才難以相信。

次日，梁珩一行人離開了盧州。

譚懷義大清早就過來送他們，十分熱情，直送至碼頭，看著他們上了船。

梁珩站在甲板上，看著越來越遠的盧州城，以及岸上目送他們離開的譚懷義一行人。

「梁大人？」

聞言，梁珩轉過身，是段續。

段續的年紀在御史臺算是年輕的，剛過而立的模樣。

梁珩又轉過身，看向河岸上已經變成黑點的人影，輕聲問道：「段大人，你有沒有覺得這盧州城有點古怪？」

段續不解。

梁珩繼續道：「盧州街上都沒什麼行人。」

段續道：「或許是現在還太早了？」

梁珩搖搖頭。他們進城時，梁珩就覺得盧州城安靜得有些奇怪，出驛站去糧倉的路上，大街上也沒有什麼行人。

盧州是一座大城，怎麼可能會如此冷清？

段續勸道：「大人，您別多想了，這豐盧倉沒有問題是好事。」

梁珩知道段續的意思，也許其他御史也有不對勁的感覺，只是考慮到諸多因素，選擇了沈默，畢竟盧州糧倉沒有問題，對誰都好。

梁珩擺擺手，沒說話。

段續明白梁珩的意思，便進了船艙。

次日下午，一行人到達最後一州，耀州。

耀州州牧羅昶也帶著人在碼頭等候御史巡官，幾乎和盧州如出一轍，羅昶也要求盡快驗糧。

糧食查驗完畢，除了最下面的糧食大多腐爛之外，沒有出現少缺。

羅昶似乎真的鬆了口氣，邀請諸御史到州牧府宴飲。

梁珩拒絕了，帶人回到驛站。

飯後，他藉口說要散步，跟眾御史說自己要上街走走。

他出了驛站，一路上沒碰到什麼百姓，就算碰到幾個人，也是行色匆匆。

走過好幾條街道，依然沒看到什麼人，路過的高門大戶，大門都關得緊密。

梁珩越發感覺奇怪，正好到了一處茶肆，便走了進去，裡面也沒什麼人。

一個夥計上前招呼，梁珩乘機詢問為何城裡沒什麼人。

那夥計猶豫了會兒，道：「客官是外地人，這事您就別問了，就這幾天沒什麼人，過了這幾天就又熱鬧起來了。」

說完，那夥計匆匆倒完茶離去。

這幾天冷清，過幾天就好了……

換句話說，這幾天可能是他們來了，有什麼原因，限制了耀州百姓的出行，等過幾天他們離開，這限制就解除了。

梁珩沒坐多久，結了帳，起身往回走。

他沒發現身後一直跟著一個人，等他走遠了，那人進了茶肆，詢問那夥計跟梁珩說了什麼。

那夥計臉色慘白，搖了搖頭，道：「我什麼都沒說！」

梁珩回到驛站，面色無異，洗漱一番後就躺下了。

次日，梁珩等人在羅昶一行人的目送下，登上了船。

羅昶看著船帆揚起，順著風向，很快離開了耀州碼頭，往京城方向前進。

一切都很順利，羅昶的心落回了實處。

船離開耀州一個時辰左右，梁珩就下令停船。

眾御史不解，梁侍御史這是想做什麼？

梁珩卻解釋自己有一樣很重要的東西落在驛站裡，必須要回去拿。

船很快又在耀州城外的碼頭靠了岸，梁珩帶著段續往城裡走去。

其實他並沒有落下什麼重要的東西，只是他覺得這耀州城一定有問題，所以一定要回來看看。

如果不用這個理由，說自己懷疑糧倉有問題的話，其他的御史一定會拚命攔住他，能不能回來還是兩說。

兩人還未走至城門，遠遠地，就見城門處排起了兩列長隊，看穿著像是百姓，且肩上都挑著擔，或是揹著竹簍。

段續也萬分吃驚，要知道昨日他們進城時，街道上根本沒幾個人，城門處更是一個人影都沒有。

梁珩的預感越來越強烈，答案很快就會揭曉了。

梁珩和段續都沒有穿官服，混在百姓之中，只是看著模樣清秀了點，並沒有守兵懷疑兩人的身分，很快便放兩人進城了。

等進來看清城內的模樣，段續驚得說不出話來。

耀州城的百姓似乎都在他們離開後回到耀州城，街道上全是揹著或挑著竹簍的百姓。他們似乎都往同一個方向去——耀州倉。

段續看向面色嚴肅的梁珩，發現梁珩似乎早就知道了一般，絲毫不驚訝。

梁珩一開始只是懷疑，現在看來，確實如此。

兩人跟著百姓往糧倉方向走，一路上碰到很多馬車往城內各處去，上面裝滿麻布袋，鼓鼓囊囊的，看著像是裝滿了糧食。

到了糧倉，就見糧倉前擠著大批百姓和馬車，一袋袋糧食不停由大門裡扛出來。馬車排著隊，很多車上已經裝了大半車。

而百姓們則或坐或站地在一旁等著，似乎要先等這些馬車裝完。

一個官吏站在大門處，手裡拿著一冊帳本，核對扛出來的糧食數目。

「梁大人，這……」

沒想到糧倉竟然真的有問題，這糧食竟是臨時湊來的，騙過他們後，再還回給百姓。

梁珩面沈如水，只是看著前面的人群，並不說話。

一車車的糧食被拉走，段續不知道梁珩會如何應對？

之前梁珩就曾跟他說過，他懷疑這糧倉有問題，他當時還勸梁珩別多想，沒承想糧倉真的是有問題。

等了不知多久，直到那些馬車都裝得差不多了，梁珩擠開身邊的人群，往糧倉門口走去。

段續不由著急，現在只有他們兩個人，就怕出什麼意外，他們應對不了。

但段續還是跟著一起擠上前。

梁珩很快擠到了前面，就站在那手持帳本的官吏旁邊。

那官吏見梁珩擠到他身邊，看了一眼，覺得面孔似乎有些熟悉，不待他詢問，梁珩一把搶下了他手中的帳本。

「你是什麼人！膽敢搶官爺的東西，不要命了吧？來人，將此人拿下！」那官吏大驚，叫人來將梁珩拿下。

梁珩卻不管他說什麼，迅速翻看了下帳本，就見上面記錄了一些人名和糧食數目。

幾個府兵衝上前來，就要拿下梁珩。

段續不由著急，這梁珩真的是初生之犢不畏虎，不知官場險惡，要是這耀州州牧豁出去，將他們殺人滅口……

梁珩臉色不變，從懷中摸出御印，對著那官吏大聲道：「看清楚了，本官是巡官侍御史梁珩！」

正準備撲上去的府兵愣住了，看著那御印，不敢輕舉妄動。

那官吏也是吃驚不小。

巡官們不是早上剛走嗎？怎麼還有一個，還出現在糧倉這裡？

那官吏再仔細看了看梁珩，立刻認出他來了。

官吏膝蓋一軟，撲通跪倒在地。

府兵們一看，還有什麼不明白的，見御印如見聖上，不跪就是殺頭之罪，也都撲通跪下。

百姓們並沒有聽到梁珩說的話，見那些官爺全都跪下，也跟著跪倒。

羅昶本來在糧庫裡，只是這兩天他有些心力交瘁，梁珩他們一走，心裡鬆懈下來，頓時感覺累得慌，回去打算好好休息一下。

沒承想這一回去就出了事，他如何也想不通，已經離開的御史，怎麼又回來了呢？

但羅昶知道，自己完了。

不僅是糧倉糧食短少的罪，還有欺君之罪。這還有活路嗎？京城裡也沒人再敢保他。

報信的下屬見羅昶一下跌坐回椅子上，雙眼緊閉，整個人都透著一股頹靡的絕望。

「大人，御史只有兩個人，要不咱們做乾淨點，就算懷疑大人，也找不出證據來。」

羅昶猛然睜開眼睛，呵斥一句。「滾！」

下屬瞪大了眼，這難道不是唯一的辦法嗎？難道真要等到這些御史將耀州的情況上奏？這可真是死罪了啊，何不博一線生機？

羅昶像是一下子老了十歲，連站起來的力氣都沒有了。

現在他有罪，最多不過就是一死罷了；可他要是敢殺朝廷巡官御史，一家老小乃至九族性命，都會跟著他陪葬！

另一頭，梁珩收起御印，讓那些百姓們起來。

那些商戶、百姓們驚疑地看著梁珩。

他們不在乎這看著不像官員的人是誰，他們只想知道，自己被迫借出的糧食，可否還能拿回來？

梁珩讓段續上前看著，自己進了糧倉。

他走進第一間糧庫，就見裡面的地窖已經半空，露出底下略有些腐爛的糧食來。

梁珩看了幾間糧庫，情況都是如此。

他走出大門，外面的百姓殷切地看著他，不知道梁珩的出現，會不會影響他們拿回自己的糧食？

「說吧！這是怎麼回事？」梁珩朝跪在地上的糧官問道。

事已至此，狡辯已經沒有意義，這御史肯定是有所懷疑，才會殺了記回馬槍。

糧官戰戰兢兢地將事情說了。

原來從梁珩他們出京起，四州的州牧都得了信，本來以為會像以前那樣，御史們不會挖出糧食查驗，沒想到梁珩竟然想到了用竹子檢查。

除了李肅不知情，另外兩州州牧急了，和當時王廂的借糧主意一樣，其他兩州州牧立即就實行了。

商戶都要仰仗州牧的鼻息生存，州牧說借糧，就算他們不同意也得同意。

至於百姓們則十分不情願，民以食為天，糧食就是百姓的命，州牧說借糧，誰知道他到底會不會還？

最後還是威脅恐嚇，才讓百姓借了糧。

梁珩等人在路上耽擱挺久，等他們到達時，兩個州早就將糧倉的缺少補上了。

他們怕梁珩等御史們到達時，百姓若是議論這件事，會被他們聽到，於是在他們到的那幾天，城外的百姓便禁止進城；而城裡的百姓也不能出門、不得議論借糧一事。

因此，梁珩等人進城時，才會看到冷清的耀州城。

羅昶最終都沒有走出州牧府去見梁珩，為自己辯駁一二。

而這些借來的糧食，自然要還給百姓，梁珩讓那官吏按著帳本上的數目歸還。

但百姓被迫借出的糧食都是當年的新糧，而這些糧官先給商戶鄉紳們還了糧，剩下的都是陳糧，有些甚至是積存好幾年的糧食。

一個百姓帶頭責問，其他原本打算忍氣吞聲的百姓也跟著問起來，場面頓時失控。

梁珩站在一旁，沒有說話。

這事不歸他管，且他現在也管不了。

那糧官看了一眼梁珩，見他沒什麼表示，明白這御史不會管這件事了；可糧食已經被那些商戶拉走了，剩下的這些都是底下的陳糧。

糧官焦頭爛額，連忙叫人去請羅昶過來。

羅昶沒有過來，倒是讓人去和那些拉走糧食的商戶商量，將他們拉回去的糧食買下來，還給百姓。

梁珩見這事處理完畢，帶著段續，拿著帳本出城。

梁珩一路上都在想事情，沒有說話。

兩人出了城，回到碼頭，船上的御史們早就等得不耐煩了，可誰都沒有去找兩人，只想著回京參梁珩一本。

然而，梁珩卻再次做出讓他們幾欲暴跳如雷的決定——他竟然想要重回廬州查驗糧倉！

這下沒有御史沈得住氣了，眼看這四州好不容易才查完，就能回京述職，梁珩非得因為自己心存懷疑就想耽誤皇上和大家的時間，又跑一趟廬州？

「梁大人，廬州都是一個窖、一個窖地查過，肯定不會有問題，這一來一回又是兩、三天，我們倒是無礙，只是皇上怕是早就等得心急如焚了，一旦皇上怪責拖延之罪，這責任梁大人能擔嗎？」

梁珩看向說話的御史，不疾不徐地將剛才城裡發生的事情說了。

眾御史大驚，轉向一旁的段續。「段大人，梁大人說的可是真的？」

段續聞言，不禁皺眉。這些御史真的太不將梁侍御史放在眼裡了，當著他的面就懷疑他說謊。

段續道：「諸位大人若不相信，現在船還停在耀州碼頭，進城不費多少工夫，諸位大人何不自己進城去糧倉看一看？親眼看過那些被挖空的糧倉，豈不比我們口述更能讓諸位大人相信？」

段續這話說得沒什麼情緒，但眾人還是從裡頭聽出了警告，這才反應過來自己這麼問話不妥當，當下都有些訕訕。

船帆揚起，駛往廬州的方向。

譚懷義也沒想到眾御史會折回來，半點準備都沒有，而廬州還了糧後，半空的糧窖就暴露在眾御史面前。

處理完畢，一行人很快返回京城。

梁珩一眾御史跪在御案下，緊緊盯著地板上的紋路，大氣都不敢喘。這事，御史臺的責任肯定脫不了干係。

他們以為齊策會勃然大怒，可等了良久，都沒有聽到齊策的怒吼。

齊策貌似平靜地看著奏摺，捏著紙的手背上，卻已是青筋暴起。

齊策不明白這些官員到底是怎麼了，他看起來像是性情和善的君王嗎？

這一次，依然是徐恪奉命出巡江淮，不過此番不是派他去將人綁回京城複審，齊策賦予徐恪就地處決的權力，一旦查出與此案有牽連的官吏，不論官職大小，一律處決。

這是齊策上位以來，第一次大開殺戒。

而梁珩出巡快一個月，才終於回家。

和暢長大了不少，每天都纏著沈蓁蓁問爹什麼時候回來？可當梁珩真的回來了，和暢一下就躲在沈蓁蓁背後，似乎不認識爹一般。

風塵僕僕的梁珩，只輕輕抱了抱妻子。

「蓁兒，妳辛苦了。」梁珩低頭看了看長大不少的兒子，對沈蓁蓁道。

沈蓁蓁看著明顯消瘦不少的梁珩，滿眼心疼，忙吩咐下人燒水，準備讓梁珩沐浴。

梁珩換下外衣，將躲在沈蓁蓁背後的兒子拉到近前。

「暢兒不認識爹了？」

和暢嘟著嘴，搖搖頭。

「爹，您怎麼去那麼久不回來？娘好想您。」

梁珩一把抱起兒子，笑道：「娘想爹，暢兒就不想爹了嗎？」

和暢癟著嘴不說話。爹常教導他男子漢大丈夫，後面還說了什麼他忘了，總之不能將想不想的掛在嘴上。

梁珩見兒子不說話，以為兒子不高興了，不由愧疚。這一行，忙得連給兒子買點小玩意兒都沒時間。

一個月後，徐恪才回到京城。

他面色平靜地出現在早朝上，將這次出巡的情況一一上稟。

上稟的報告中就有去年剛貶至江淮的工部侍郎李肅。

李肅雖說失職，可原本罪不致死，只是天子大怒，他到底還是被砍了頭。

而御史臺在查處上雖功不可沒，可以前御史臺算是嚴重失職，齊策沒有忘記，御史臺隨即清換了一批人。

跟隨梁珩前往江淮的幾個監察御史，除了段續，其餘的革職的革職，外放的外放，就連御史大夫徐恪，也被罰了一年俸祿，責令改過。

在這其中，梁珩沒有過，而且功勞最甚，得了賞銀一萬貫。

沈蓁蓁看著抬進家中、將一個庫房角落堆滿的七、八口大箱子，驚訝不已。

梁珩站在一旁，將沈蓁蓁拉入懷中，笑道：「這是為夫全部的家產了，悉數交予夫人保管。」

沈蓁蓁抬眼笑道：「這是交予我呢？還是交予我保管呢？」

梁珩反應過來。「當然是交予夫人了，夫人盡可用。」

沈蓁蓁趴在梁珩胸前，輕聲道：「夫君，我們再生個孩子吧！我們有那麼多錢了，多生一個養得起。」

梁珩身體一下變得有些僵硬。

「你不想再要孩子了嗎？」

梁珩抱著沈蓁蓁恢復少女般纖細的腰肢，輕輕抵著她的額頭。「有暢兒就夠了，我不想妳再受苦了。」

沈蓁蓁欲言又止，她沒有告訴梁珩，因為沒有再要孩子，趙氏已經三番兩次隱晦地跟她提起這事了。

只有一個孩子確實太少了，梁家又是單傳，沈蓁蓁能理解趙氏的想法。

梁珩沒想到一直對他很冷淡的徐恪竟然會派人來叫他。

也許是想問江淮的事吧！梁珩想。

等梁珩到了徐恪的政事房內，徐恪正在翻看書冊。

聽到敲門聲，徐恪抬眼看了梁珩一眼，示意他進來。

梁珩進來後，給徐恪行了禮。

徐恪示意他在一旁坐下。

外面當值的監察御史給梁珩送來一杯茶，順便把徐恪面前已經涼掉的茶換了。

徐恪邊看邊批注，似乎忘了一旁還有梁珩一般。

兩刻鐘後，徐恪終於停下手中的筆，端起桌上的茶喝了一口。

「江淮這一行有什麼體會？」

梁珩猜想徐恪會問他這個，而對於江淮一行，梁珩體會良多。

「御史臺沒有盡到糾察百官的責任。」

徐恪點點頭，示意梁珩繼續說。

梁珩緩緩道：「御史臺要想糾察百官，還須自糾。」

徐恪抬眼看向梁珩，而梁珩像是沒有意識到，自己這句話已經得罪了整個御史臺。

梁珩說的是實情，御史臺也不都是正義清廉的御史。雖然徐恪以前是御史中丞，但是水至清則無魚，且御史選拔他無法干預太多，一批揪出來，另一批又進來了。

梁珩其實還想說，大齊官場的沈痾累積太多，已經到了必須要清理的地步，若再繼續下去，大齊這棵大樹遲早有一天會千瘡百孔，無法痊癒。

徐恪似乎知道梁珩心裡在想什麼一般，深深地看了看梁珩，而後說出了讓梁珩終身受益的一席話。

「你知道我為什麼會向皇上要你進御史臺來嗎？因為你沒有背景，是乾乾淨淨的，在朝中，除了皇上，沒有任何能讓你顧忌的事和人，所以我相信，你會是一個秉公無私的御史。」

徐恪說著頓了頓。「可我現在開始懷疑，我是不是看錯了人。」

梁珩看著面色嚴肅的徐恪，靜待下文。

「你還記得你來御史臺述職那天嗎？我和幾位中丞大人一起過來，你見禮，口稱『諸位大人』。在我印象中，你不是這種圓滑的人，御史臺也不需要圓滑的人。你要記住的只有一件事，你雖是官，更應是一個公正廉明的御史，你最應該做的，就是說該說的話、做該做的事，其餘的，你不需要考慮。」

又是三年一度的秋闈，全國各地有不少考生進京趕考，京城一下擁擠起來。

易旭被調去做巡考，提前十五天進了貢院，直到秋闈結束才能出來。

梁珩作為侍御史，自然不用為秋闈操心，但是百官都為此緊張起來，以往每日早朝必會口沫橫飛的口舌之爭，也紛紛偃旗息鼓了。

這日下午，黃梵過來接如意。

兩人的婚期定在冬月十八，沈蓁蓁作為如意的娘家人，如意到時候會從梁家出嫁。

雖說男女訂親後不宜見面，但兩人情況特殊，都住在一戶宅院裡，絲毫沒有未婚男女見面的羞澀。

沈蓁蓁留三人吃飯。

梁珩散卯回來時，晚飯已經準備好了。

「珩哥。」黃梵見梁珩回來，忙站起身來打招呼。

梁珩進京後還沒有見過黃梵，乍一見到黃梵還有些發愣。

隨即他反應過來，上前兩步，使勁拍了拍如今比他還略高一些的黃梵，笑道：「梵弟都長這麼高了！」

沈蓁蓁笑道：「瞧你這話說得梵弟還像一個孩子似的，梵弟都要成親了！」

黃梵笑了笑。「在珩哥面前，我當然還是孩子。」

梁珩笑道：「最近太忙了，都沒來得及去看你。」

「珩哥哪裡話，應該是弟弟來拜訪哥哥。」

沈蓁蓁笑道：「你們別這麼客氣，飯菜都要涼了，夫君快去換衣裳吧！」

梁珩又跟如意和菱兒打了招呼，回房換衣裳去了。

沈蓁蓁和梁珩兩人吃飯，都是在堂屋裡的小桌上吃，今晚還有黃梵三人，從來沒用過的飯廳就開張了。

席間，梁珩和黃梵兩人都略喝了幾杯酒。

梁珩看著黃梵越加剛毅的臉，頓時想到黃梵的父親。

這些天上朝，幾乎每天都會見到吏部侍郎黃原。黃原像沒有認出他來一樣，梁珩也猶豫要不要跟黃原打招呼，兩人並沒有說過話。

話到了喉間，梁珩又猶豫了。

他該不該告訴黃梵他父親的事呢？

最後，他到底沒有說出來，難得今晚大家歡聚一堂，說出這事只怕會破壞氣氛。

宮門外，天色依然漆黑，宮燈下，官員三五成群地聚在一起，一邊說話，一邊等待宮門開啟。

宰相們正說得熱鬧，就聽旁邊突然傳來一句不識相的話。

「公卿皆為宰相，理因表率百官，閣門之外，自須肅敬。然公等離班私語，喧語不肅，百官從之。以笏揮之，請齊班！」

眾宰相乍聽這話，還有些愣，轉過頭，就見是最近風頭極盛的梁珩，正站在眾人旁邊，眉頭緊皺，面色嚴肅。

閣門之外齊班肅敬，這規矩自古有之，只是這些年御史臺管得鬆，漸漸就沒人遵守，已經過了這麼多年，就連徐恪都沒有管過，今天梁珩竟然沒眼色地上前來說了。

劉竟榮自然認得這個與自己兒子十分要好的梁珩，當下便沒說話，可其他宰相就不一樣了。

姚騫之當下嘲諷道：「梁大人進京赴任也有幾個月了，怎麼前面幾個月見我們離班不肅沒有意見，今天就站出來了？難不成梁大人最近深得皇寵，有些忘記自己的身分了？」

姚騫之想讓他認清自己的官階，區區從五品，就敢來管他們的事？

梁珩道：「下官正是因為之前沒有認清自己侍御史的身分，才失職沒有糾正諸位大人，如今下官知道自己應當糾離班、語不肅，糾彈百官，自然來了。」

兩人說話聲音都沒有刻意壓低，一旁竊竊私語的官員們聞聲，都往這邊看過來，等看清對峙的兩人，止不住震驚。

梁珩是怎麼了，今天竟然和宰相槓上了？

徐恪也站在一旁，看著梁珩，面上沒有什麼表情，眼裡卻帶著一絲欣慰。

姚騫之沒想到梁珩會故意曲解他的話，可梁珩說的話滴水不漏，糾彈百官，可不就是侍御史的職責嗎？

姚騫之面色脹紅，卻一時想不出反駁的話來，正好宮門在此時開啟，姚騫之只好冷哼一聲，越過梁珩，率先走進宮門。

梁珩面色不改，站在原地不動，等官員都進去得差不多了，才信步走進宮門。

眾官員列好隊，就見梁珩緩緩從眾人身邊走上前。

他並沒有歸班，而是站在班列之外。

一些官員一開始還不知道這梁侍御史是什麼意思，直到梁珩走近幾個竊竊私語的官員身邊，從袖子裡掏出一本書冊，以及事先沾好墨的毛筆。

梁珩對著毛筆哈了一口氣，將幾人名字寫在書冊上。

幾人眼睜睜地看著梁珩將自己的姓名寫上去，很明顯就是要彈劾他們。

眾官員心裡緊張萬分，這梁侍御史不會是來真的吧？

有了前車之鑑，不管梁珩是不是來真的，眾人皆噤口了。

卯時，眾人列隊進入金鑾殿。

早朝依然無聊至極，齊策都有些打起瞌睡來。

這時，有人出聲了。

「啟稟皇上，微臣有事啟奏。」

梁珩從後面站了出來，跪下大聲道。

齊策一下驚醒過來，習慣性地往前面看了看，看了一會兒，沒看到人，無奈問道：「愛卿有何事？」

梁珩道：「微臣要彈劾。」

齊策這才順著聲音，看到了跪在後面說話的梁珩。

不怪齊策，後面的低階官員不能越班奏事，上朝只能站在後面聆聽，沒有奏事的資格。

但御史臺不一樣，就算是八品的小小監察御史，依然有奏事的資格。

「梁愛卿要彈劾何人？」

「微臣要彈劾御史臺。」

梁珩話音剛落，殿內頓時喧譁起來。

眾官員紛紛議論，不明白梁珩這是什麼意思。

梁珩抬起頭來，看著齊策。

「啟奏皇上，此時殿內一片譁然，可御史臺上自大夫徐恪大人，下至眾多監察御史，沒有一個站出來制止，交首亂語、越班問事、私申慶吊、行立懶惰、推按獄訟……這些本是御史的本分之責，可御史臺並沒有盡到職責，所以微臣今天要彈劾御史臺眾員失職一責。」

不僅百官驚呆了，就連齊策都有些回不過神。

梁珩說的這些自然是御史之責，只是齊策上位時年紀還小，官員們沒有當初先帝在任時的壓力，都有些放鬆下來，包括本來恪盡職守的御史臺。

慢慢地，風氣就沿襲了下來，就算齊策已經今非昔比，朝中官員制度依然鬆懈，沒有太多古制的嚴謹了。

齊策頃刻想了很多，梁珩這是給他送了一份大禮。是時候該整頓整頓御史臺了，當初徐恪說得很對，御史臺是朝廷耳目，國家綱紀，則庶政清平，群僚才會敬肅；而梁珩今天這一彈劾，以後御史臺將能發揮原本的功效了。

他早就想改變朝中懶散的風氣，只是連徐恪都沒有什麼好法子，齊策也只好先擱下不談。

齊策順水推舟，處罰了御史臺的官員，上自徐恪，下至八品監察御史，包括梁珩在內，每人抄寫一百遍御史制，讓他們重新好好認識御史之責。

徐恪一直沈默不語，只是在最後齊策下了處罰後，跪下謝恩。

梁珩這一次上奏，看著像是傷敵一千，自損八百，但其實眾官員都明白，以後只怕日子不好過了。

御史臺全體官員被處罰的當天，下朝後，上自御史中丞，下至流外之吏，都被徐恪叫到了臺院。

徐恪沈著臉，當庭誦讀了御史制，並嚴令執行。

次日，文武百官們，依然在五更天時，聚在了宮門外，等待宮門開啟。

和往常一樣，官員們到了宮門外，三五成群地站在一起，卻沒人敢說話，大家都還記得昨天的事呢！

可御史臺的監察御史們竟要求眾員按班排列。

眾官員沒有動，看向站在一旁的幾位宰相。

姚騫之鼻孔輕哼，站著沒動。

徐恪不疾不徐地伸出手，旁邊一個監察御史見狀，將事先準備好的紙筆遞上前。

劉竟榮見徐恪要動筆了，連忙笑道：「徐大人且慢，哈哈，本官就站在第一列。」說著又朝後面的官員道：「愣著做什麼，趕緊按班站到本官後面來。」

六部官員見他發話，忙不迭地按班站在他身後。
趙贇見狀，哼了一聲。
這一聲不輕不重，正好讓後面六部的官員都聽見了，見趙贇不悅，都停下動作。
尚書省這兩位互掐了不知多少年，弄得他們這些屬官很是為難啊……
劉竟榮看向趙贇，見趙贇面色不佳，輕輕笑了笑，轉身對後面的六部官員道：「那你們就站在趙大人後面吧！」
趙贇沒想到今天劉竟榮會這麼輕易就讓了步，像是一拳打在了棉花上，讓他很不舒服。
後面的官員正準備站在趙贇背後，就聽趙贇冷哼了一聲。「站本官後面做什麼，該站哪兒就站哪兒去！」
後面的官員們面面相覷。
這該站的地方是哪裡？
徐愘卻不理會，只是輕輕吹了吹筆尖，在書冊上下起筆來。見後面的官員迅速站成金水橋上的兩列隊伍，才又面無表情地收起書冊。
可很快地，百官們發現，這不過是道小小的開胃菜罷了。
眾宰相面色無不驚訝，難以置信地看著太極殿殿門前，肅穆站著的四個臺院侍御史。
這些侍御史竟然要搜身？就連劉竟榮面色都有些僵。
雖然先皇在時，搜監之制嚴格執行，不管是上朝還是入殿奏事，皆要由御史搜身後才得進入，可這制度已經廢棄了十數年。

和往昔相比，有許多人的身分、地位已經發生翻天覆地的變化，再由這些小小御史搜身，情何以堪？

梁珩站在殿門前，看著殿前大員幾經變化甚至憤怒的臉，面色肅穆，依然絲毫不退讓。

「這搜監之制已經棄用十數年，皇上未曾說復用，御史臺也並未知會三省，私自復用，將眾公卿臉面置於何地？」趙贇朝門口四個侍御史喝道。

「趙大人。」

趙贇聽到徐恪的聲音，轉過身。「你有何話可說？」

徐恪並不計較趙贇的無禮，聲音沈緩，卻又擲地有聲。「趙大人認為這搜監之制掃了眾位公卿大臣的臉面，可諸位大人忘了，這搜監之制是為何而立的嗎？是為了保護皇上的安危！難道在諸位大人眼中，皇上的安危還比不上諸位的臉面？」

趙贇被堵得啞口無言。徐恪說的是事實，這搜監之制確實是為了保護皇上的安危才立下的。

理是這麼個理，可大家都是要臉面的，一時間，眾臣堵在殿門口，哪邊都不肯讓步。

徐恪也不擔心，站在一旁不再多說，眼觀鼻、鼻觀心。

上朝的時間很快就到了，齊策的御駕遠遠地從乾清宮那頭行來。

齊策遠遠就見文武百官似乎堵在殿門前沒有進去，不由驚異。

這是什麼情況？

「皇上駕到！」

隨著內侍一聲長唱，堵在殿門前的官員跪倒一片。
「恭迎皇上！」
「這怎麼回事？」齊策下了車輦，問道。
「這……」
大臣們面面相覷，都不說話。這叫他們怎麼說？說他們為了自己的臉面，棄皇上的安危於不顧？
齊策見眾臣都不說話，又看到四個官員擋在殿門口，攔住了去路；再定睛一看，似乎是臺院的四個侍御史。
齊策見梁珩也在其中，便問道：「梁愛卿，你們這是做什麼？」
梁珩微微抬眼，不疾不徐道：「回稟皇上，經御史臺諸位大人商量，太祖定下的搜監之制，是為保護皇上的安危所立；自皇上登基以來，祖制已棄用多年，為皇上安危考量，御史臺決定復用祖制，只是諸位大人一時間不能接受，寧可不進殿，也不願讓御史搜身。」
眾大臣一聽梁珩這話，暗叫要糟。
梁珩這一席話，一說清了御史臺此舉的目的是為了保護皇上安危，二又拐著彎在皇上面前告了他們一狀。
他們不肯進殿，一是藐視皇權，二是不顧皇上的安危！
果然，齊策的臉沈了下來，大步朝太極殿內走去。
「既不願進來，就在外面跪著吧！」

早朝是不可能不上的，皇上的安危也是不能不顧的，就算真的不顧，也萬萬不敢表現出來。

最後上自宰相，下至八品小員，全部經過了四個侍御史之手搜身，才得以進殿。

排隊搜身時，易旭和劉致靖都特意站在梁珩這一排。

劉致靖衝梁珩眨了眨眼，好像在說：行啊你！

梁珩面無表情，只是在搜身時捏了捏劉致靖的腰。

劉致靖感覺腰上猛地一癢，差點沒叫出聲來。

第二十六章

梁珩上任三個月後，從閱卷宗開始接觸案件了。

第一次是和刑部侍郎、大理司直共同判審獄訟，審理的是前戶部侍郎翟清。

翟清貪污受賄，私挪庫銀，證據確鑿，贓銀數目鉅額，刑部判了死刑，秋後問斬。

可翟清卻在刑場砍頭前呼冤！

於是他又被押回刑部，由御史臺、大理寺、刑部一同複審。

刑部侍郎張律廣堅信這案子絕不是冤假錯案，只是翟清在行刑前呼了冤，按制就一定得三司重審。

張律廣還是按著規矩來，問翟清何以呼冤？

翟清在鬼門關前走了一遭，面無人色，髮冠散亂，身形消瘦，渾身都髒兮兮的。

梁珩在一旁看著翟清的卷宗，翟清的罪名是貪污受賄，這罪名罪不致死，要他命的，是私挪庫銀。

這事御史臺有失職之責，每年稅銀入庫、庫銀出庫，都須經過御史臺監察，只是入庫、出庫的銀子記錄在案的都沒有差錯，核查銀庫現存庫銀時，卻發現了漏洞。

仔細一查，竟是戶部侍郎翟清貪下了幾筆本該入庫的稅銀。

張律廣看了一眼坐在旁邊的兩人，他們都沒有表態。

這事證據確鑿，贓銀也在翟清家裡搜查出來了。

翟清家人名下的宅子、鋪子、古玩字畫、名貴家具，極為豪奢，不用審查也明瞭了。

梁珩看著手中卷宗上，似乎並無漏洞的證詞。

看守銀庫的府兵也都坦白交代是翟清讓他們搬的銀子，還許諾他們一人一千兩作為酬勞。

銀子大半被府兵揮霍，剩下的贓銀也從他們家中搜查出來了。

梁珩抬眼看向跪在地上、雙眼無神的翟清。他看上去五十多歲，身材消瘦，寬大的囚服空盪盪的。

重新審查了一遍，翟清只好再次俯首認罪。

梁珩推敲幾遍，把那些府兵的證詞也走了一遍，還是沒有可疑之處，加上翟清重新認罪，這罪也就定了下來。

於是，翟清再次被押往刑場，這次就算再呼冤，也不會再審了。

秋收已過，御史臺將往大齊各州發廉察使。

梁珩本來沒有被外派，留在京中駐臺，只是收到一封從涼州寄來的信，讓梁珩急忙去找徐恪，請求休沐。

徐恪皺緊眉頭，有些不贊同地看向梁珩。

「你知道御史臺大半御史被派了出去，臺中留駐的御史不多了，你為何在這當口想要休沐？」

梁珩頓了頓，看著徐恪嚴肅的臉，不由有些心虛，猶豫了一會兒，還是說道：「內子娘家出了點事，下官要陪內子回家去看看。」

徐恪霍地站起身來，似乎有些生氣，但是沒有發作。

「出了什麼事？」

梁珩看著徐恪臉上隱隱的怒色，雖然知道自己不該在此時提出休沐，但是沈宴信中雖然已是儘量言辭委婉，梁珩還是意識到了事情的嚴重性，不然沈宴不會寫信來。

梁珩將沈宴信中的事說了。

原來半個月前，沈家糧鋪門口突然出現了一群人，抬著一口棺材，說是在沈家商鋪裡買了糧食，回去煮了吃下，人就暴斃了，非要沈家給個說法。

沈家人自然知道自己店鋪裡賣的是什麼糧食，這明擺著的黑鍋，肯定不能揹。只是沒想到官府的人接到報官，很快就上門來取證了。

不說沈家糧鋪根本就不可能賣會吃死人的糧食，沈家和官府一直保持著良好的關係，這明顯栽贓的事，想必官府的人也能查出實情，還沈家一個清白。

沒想到官府的人一上門，就將沈家糧鋪裡的人都控制住了，從一個個糧斗裡取了樣，驗出一個糧斗裡的糧食混了砒霜。

消息一傳出去，全城的百姓不禁恐慌。

沈家如今是涼州第二大糧商，糧鋪不知開了多少間，全城百姓誰沒在沈家糧鋪裡買過糧食？

一時間，拿著糧食上門要求退銀子的，其中不乏想乘機訛銀子的，還有上沈家門口砸臭雞蛋的、圍堵臭罵的百姓，將沈家糧鋪和宅院圍了個水洩不通。

沈宴急得焦頭爛額，這擺明了是有人想陷害沈家！

原本以為像以前那樣，往官府多送點銀子就能解決，沒想到銀子被收下，當官的卻是一個都沒見著；而事情也越傳越嚴重，甚至有沈家糧鋪以前就吃死過人、只是被壓下的流言傳出來。

很快地，三人成虎，越傳越失實。

這也就算了，就在前幾天，幾個衙役闖進家中，竟將沈忞抓進了州府大牢。

沈宴急得沒有辦法，這才寫信進京，看梁珩能不能想想辦法。

徐恪聽完，看著梁珩臉上隱隱的著急神色，重新坐下，半晌沒說話。

梁珩雖然著急，卻也不敢催促。

半晌，徐恪點點頭。

「那你就出巡涼州，以及涼州旁邊的萬州、青州吧！」

梁珩大喜，連忙致謝。「多謝大人！」

徐恪擺擺手。「雖說你泰山家的事，看起來頗有疑點，像是被人陷害，但我希望你到了涼州，處理這件事時，不是以女婿的身分，而是以廉察使的身分。」

梁珩心中一凜，收起喜意，鄭重道：「下官謹記。」

沈蓁蓁在家中收拾好東西，良久都不見梁珩回來，正急得團團轉，就見梁珩出現在門口。

「怎麼樣？」沈蓁蓁連忙上前兩步，面色焦急地問道。

梁珩點頭。

見狀，沈蓁蓁一把拉住兒子就準備走。

梁珩攔住她。「蓁兒，我沒有被准假。」

沈蓁蓁驚愕不已，正欲詢問，就聽梁珩接著道：「不過徐大夫派我作為廉察使出使涼州，我馬上就動身，走水路快，最遲不過三天就能到達涼州。」

沈蓁蓁頓時明白梁珩的意思，梁珩是以廉察使身分去的，攜家帶眷不好。

沈蓁蓁頓了頓。「那我和兒子另外乘船去，你別勸我，我一定要回去。」

梁珩見她面色堅定，知道攔不住她，想了想，道：「那妳多帶幾個小廝和丫鬟。」

雖說如今太平盛世，但沈蓁蓁多帶幾個人，梁珩才能放心。

沈蓁蓁點點頭。梁珩作為朝廷的廉察使，自然不能陪他們母子一起走了。

梁珩帶著幾個衛兵，乘坐官船，直奔涼州而去。沈蓁蓁也坐著沈家的商船，和梁珩前後腳到達涼州。

沈蓁蓁坐馬車到達家門口時，看到眼前的場景，大為震驚，也深深心痛。

原本光鮮亮麗的沈家大門，如今被人潑滿不堪的穢物、砸滿臭雞蛋，即使隔得老遠，都能聞到那股臭味。

只怕前世，沈家就是經歷了這麼一遭，才因此敗落下去；而這世，沈家依舊出事，不過還有梁珩，沈蓁蓁相信梁珩會將這事處理好。

隨行小廝上前敲了敲門，裡面沒有任何回應。

沈蓁蓁擔心更甚。

和暢跟在沈蓁蓁身旁，一股異味直往他鼻子裡鑽，他趕緊伸手捂住鼻子。

「娘，我們在這裡做什麼呀？這裡好臭，我們趕快走吧！」

和暢拉了拉沈蓁蓁的手，抬起頭看著他娘。

「這裡是外祖家，你很小的時候，外祖還天天抱著你出去玩耍。」沈蓁蓁簡單回道。

和暢皺了皺小鼻子，有些不解。

為什麼外祖家會這麼臭啊？

小廝門敲了，叫也叫了，裡面還是沒有人應答。

沈蓁蓁又帶著人來到後門，後門同樣被人潑滿了穢物。

只是這一次叫門，裡面終於有了回應。

「……誰？」聲音充滿了警戒。

小廝正欲說話，沈蓁蓁就上前兩步。

「我是大小姐，快開門。」

裡面的人頓了頓，很快地，後門打開一條縫，是一個婆子。

沈蓁蓁一下想不起這婆子是誰，可王婆子卻認得沈蓁蓁，見真的是大小姐，欣喜不已，匆匆說要去叫人，卻被沈蓁蓁叫住了。

沈蓁蓁拉著和暢進了門，邊往正院走，邊問王婆子家裡現在的情況。

王婆子走在後面。「小姐，具體的事，老婆子不知，但是老夫人好像病了。」

沈蓁蓁一聽娘病倒了，更加著急，拉著和暢快步往正院去。

進了正院，這才迎面碰上丫鬟喜兒，她手上捧著一個托盤，上面放了只瓷碗，似乎是盛藥的。

喜兒見大小姐突然出現，又驚又喜，連忙行禮。

沈蓁蓁快速擺擺手。「我娘病得嚴重嗎？」

喜兒眼神一暗。「您進去看看就知道了。」

沈蓁蓁連忙幾步走至門口，隱隱聽到裡面有說話聲，穩了穩心神，推開門，就見兩個嫂嫂坐在床榻前，許氏背靠著枕頭，三人正在說話。

見門被推開，三人都朝門口看來，見是沈蓁蓁，皆是又驚又喜。

「蓁兒，妳回來了……」

許氏眼神驟然一亮，聲音卻虛弱無力。

「娘，我回來了！」

沈蓁蓁放開兒子，快步走到許氏床邊，看著像是老了十歲的娘，立刻跪倒，眼淚止不住地掉落。

一旁的王氏和肖氏連忙勸道：「小姑別哭，娘好好的呢！」

許氏也趕忙伸手拉住女兒。「別哭、別哭，娘沒事。」

沈蓁蓁想著娘還在病中，不敢多哭，惹得娘又難過。

許氏這會兒看到沈蓁蓁身後的和暢，一下高興起來。

「這是暢兒嗎？長這麼大了，快過來讓外祖母瞧瞧！」

許氏聲音雖小，和暢還是聽到了。

和暢完全不認識許氏，聽許氏叫他，不知這是誰，朝他娘看去。

沈蓁蓁一把拉過兒子。「這是外祖母，快叫外祖母。」

和暢乖乖地叫了一聲。

許氏喜得面色都紅潤了幾分，卻怕將病氣過給小外孫，忍著沒有拉外孫。

沈蓁蓁又讓和暢叫了一旁的兩個嫂子。

和暢虎頭虎腦的模樣極惹人喜愛，王氏伸手摸了摸和暢的小腦袋。

沈蓁蓁又問起許氏的病情。

王氏正要說話，許氏以眼神制止了王氏，輕笑道：「沒什麼大礙，就是受了些驚嚇，喝些藥養著就好了。」

沈蓁蓁知道這不是實話，但娘想瞞著她，她也就沒多問。

「夫君也來了，他是朝廷派來的廉察使，這事我們沈家是清白的，夫君能處理好的，娘，您別擔心了。」

沈蓁蓁這話一出，三人都是一喜，許氏更是激動得半撐起身子。「那姑爺現在在何處？」

沈蓁蓁連忙扶住許氏。「夫君已經到了涼州，他作為廉察使，我們沒有一起來。」

許氏喘了兩口氣，忍著淚水，道：「妳爹他被抓進去十多天了，裡面是什麼情況，我們一點消息都沒有。妳大哥不知送了多少銀子進去，銀子收下了，卻不肯讓我們見人，我就怕啊，怕他們對妳爹動刑，妳爹年紀大了，身體也不好……」

說到這裡，許氏已是哽咽得說不下去。

兩個嫂子在一旁，強忍著沒抹淚。能想的辦法都想了，要不是還有姑爺在京城做官，只怕這次沈家就真的完了。

沈蓁蓁也極為焦灼，可梁珩現在在哪裡，她也不知道，想送信給他，讓他去看看她爹都沒辦法。

另一頭，梁珩剛剛抵達涼州。

他並沒有先去沈家，而是帶著幾個屬官先到驛站安頓，而後到了州府。

涼州州牧同樣姓梁，名梁胤。

每年朝廷在春秋時發使是慣例，所以對於廉察使的到來，梁胤並不意外，好在帳面上該粉飾的，梁胤都已經粉飾了。

梁胤聽說過梁珩的名字，對於這個前江寧縣官因好運發現天黍，而後調入京城，一飛沖天，全大齊上下，只怕很少有官員不知道他。

「哎呀！梁大人，您看我們是本家人啊！」梁胤身穿緋色官服，下巴留著鬍鬚，快步朝他們走來，拱手見禮。

梁珩面無表情，並不接話，只微微一拱手。

「梁州牧。」

見梁珩反應十分冷淡，梁胤也不生氣。這些從京裡來的御史，仗著是皇帝巡官，又是天子近臣，氣性大得很，他都已經習慣了。

梁胤面上還是掛著笑。「眾位大人一路前來辛苦了，請移步到後院，略喝一杯茶水吧！」

梁珩卻並不領情。

「我等奉皇命前來巡查，不敢言苦，茶就不喝了，我們這就開始核查帳目、獄訟。」

梁胤見梁珩一本正經的模樣，只好點點頭，親自帶著梁珩一行人到了文書房。

各地上交的稅銀、稅糧、人口、土地、獄訟……御史臺都有帳本，廉察使出巡，也須帶上這些帳本和文檔，以便核查。

梁胤送一行人到了檔案房，本想跟著進去，卻被梁珩攔了下來。

「多謝梁大人送我等過來，梁大人請止步吧！」

說著不管梁胤如何反應，兀自關上了門。

梁胤碰了一鼻子灰，但還是要派人給梁珩他們準備茶水。

梁珩帶了六個吏員隨行，吏員們都是多年的老吏了，辦事自有經驗，梁珩卻是新手，還得請他們指點。

這一查就查了將近兩個時辰，漏洞頗多，且帳面有無粉飾過，這些吏員們一眼就能看得出來。

只是現在還沒查完，這些問題並不能聲張。

梁珩雖然表面極為鎮定，但內心很擔心沈家那邊的情況，可他身為廉察使，行事要依章法，也是急不得。

晚上，梁珩獨自出了驛站，來到沈家門口。

看著沈家門上那些污物，也能想像沈家到底揹負了什麼罵名。

梁珩見前門叫不開，只好到了後門。

看守後門的王婆子聽說是姑爺來了，激動地打開了門。

當年沈蓁蓁出嫁時，王婆子見過梁珩，雖然記不大清他的模樣，但唯一記住的，就是姑爺模樣極為俊俏。這會兒雖然一下沒認出來，但看著梁珩俊逸的臉，也能確定這肯定就是他們的姑爺了。

沈蓁蓁在許氏房中，聽下面人來報說姑爺來了。

沈蓁蓁霍地站起身，匆匆和許氏打了個招呼，就走出房外，準備去迎梁珩。

剛走沒幾步，梁珩就出現在正院門口。

「夫君！」沈蓁蓁一下脫口而出。

梁珩聞言，一抬眼就見沈蓁蓁站在遊廊處，面色激動地看著他。

梁珩快步走上前，張開手，抱住了朝他跑來的沈蓁蓁。

被梁珩的氣息包攏著，沈蓁蓁鼻頭頓時有些酸澀。這個她一直依賴著的人，只要他在身邊，她就只想靠在這個溫暖堅實、庇護著她的懷抱裡。

「夫君，爹他怎麼樣了？」

梁珩還沒有問過這事，聽沈蓁蓁問起，沒有隱瞞，說了原委。

沈蓁蓁一聽，急得不行。

「我爹已經被關進去十多天了，你得想想辦法……」

梁珩安撫道：「他們應該不敢亂來，明天就開始查獄訟，到時我就能去看爹了。」

聽梁珩這麼說，沈蓁蓁好歹放下些心。

「娘一直在等著你的消息，沒有爹的消息，今晚娘只怕又是徹夜難眠了。」

果然，許氏聽了之後，止不住失望，但現在也沒有更好的辦法了。

次日清早，梁珩就帶著人過去核查獄訟。

涼州一年的獄訟卷宗都搬到了吏員們的面前，梁珩迅速翻了一遍，卻沒有找到沈家的案子，只好問梁胤。

梁胤驚訝這事梁珩何以知道？

後又自己想了個原由，想必是沈家案子的熱度到現在都還沒有冷下來，梁珩出門的時候便聽說了。

「沈家案子還沒有定案，所以不在卷宗裡面。」

梁珩點點頭。「我聽說事發到現在，已快一月有餘，梁大人為何還未定案？」

凡是刑案都有規定的定案時間，案發快一個月實在是拖得太長了點。

梁胤沒想過這個，猛然聽梁珩問起，不由支支吾吾答不上來。難道他能告訴梁珩真正的原因嗎？

梁珩見梁胤沒有給個明確回答，便扔下手中的卷宗，道：「既是如此，梁大人可介意本侍御史旁聽審案？」

梁胤有些猶豫。這沈家有罪無罪，他心裡比誰都清楚，目的還沒達成呢！梁珩若是插手，說不定沈忞真的就要無罪釋放了。

想到這裡，梁胤便要開口拒絕。

梁珩又道：「沈家一案，性質極為惡劣啊！沈家糧鋪在涼州數一數二，若真的在糧食裡下毒，全城百姓的性命……這案情如此嚴重，梁大人你竟敢私自壓下，本侍御史要寫信回京啟奏皇上……」

梁胤見梁珩似乎真的要寫信，忙將他攔下。

「梁御史言重了，沈家糧鋪裡並不是所有糧食都有毒，所以性質還不算很惡劣。」

「全部都抽樣檢查過了嗎？」梁珩問道。

梁胤肯定地點點頭。

「查出有毒的糧鋪封了，沒動過吧？」

梁胤又點點頭，這是證據，當然要保護好了。

「那行，梁大人帶本侍御史去看看吧！」

梁珩說著站起身來，就欲往外走。

梁胤完全沒想到梁珩會直接去查糧鋪，這會兒突如其來，有些懵了。

梁珩見他不走，又道：「梁大人倒是走啊！梁大人說只有那一處查出有毒，我不敢信，此等大事不能草率。」

梁胤為表對御史們的尊敬，連人都沒有帶來，見梁珩要走，一時半刻連安排都來不及安排下去，只好跟著梁珩走。

他想著梁珩不過是去看看鋪子而已，沒什麼破綻好尋的。

梁胤正要派人去準備轎子，梁珩拒絕了，梁胤只好跟著梁珩一起步行過去。

很快就到了沈家糧鋪，只是大門上了鎖，都貼了封條。

「梁大人，」梁珩轉過頭來。「這門可以打開嗎？」

梁胤不明白梁珩到底想做什麼，只猶豫片刻，搖搖頭道：「來得匆忙，沒有帶鑰匙過來。」

梁珩點點頭。「只有一個百姓吃了沈家的米，出現中毒的情況嗎？」

梁胤頓了頓。「有傳言說，曾經有兩個百姓也因為吃了沈家的米，中毒死了。」

「梁大人！」

梁珩突如其來的一句厲喝，讓沒防備的梁胤驚了一下。

「御史大人？」

「梁大人身為一州知府，在這般嚴肅的案情中，沒有真憑實據，竟然聽信傳言？」

梁胤一愣，瞬間明白過來自己失言了。

「不、不，御史大人，我……」

「那麼，梁大人審理這件案子時，也是憑著傳言將沈家人抓起來了？」梁珩緊接著問道。

「這怎麼可能？」

不待梁胤說完，梁珩又追問道：「那麼，梁大人可有證據？」

「證據當然是有的，當天我們就在沈家糧鋪裡搜到混了砒霜的米……」

「沈家糧鋪為何要在米中混入砒霜？」梁珩問道。

「這……可能他們……」

梁胤被連番追問，額頭都冒出細密的汗珠。沈家人為何要混砒霜到糧食裡去的理由，一時他還真想不出來。

「可能他們活得不耐煩了？」梁珩似笑非笑道。

梁胤正要順著梁珩把話接下，到了嘴邊，意識到這是梁珩的諷刺，硬生生地把話吞了下去。

「這個……這個我也不知。」

梁珩繼續問道：「這案情不可謂不惡劣，梁大人就是這麼隨便辦案的嗎？一個月都過去了，連沈家作案的動機都還沒有查明，我十分懷疑梁大人會不會判出冤假錯案來。沈家的人已經認罪了嗎？」

梁胤有些慌亂，他們原先就沒想到會有旁人來管沈家的案子，所以只是直接將人抓來，關進大牢，其他的粉飾一概沒有做。

這會兒梁珩問起，梁胤一下不知道從哪裡回答。

「已經……認罪了。」梁胤略有些遲疑道。

「既然已經認罪了，為何梁大人沒有定案？」

「這……」被梁珩反問，梁胤一時圓不過來。

梁珩見狀，沒有再多問，只道：「梁大人已經難自圓其說了，本侍御史覺得此案甚為蹊蹺，要求重查。」

梁珩作為廉察使，對獄訟自有核查的權力。

梁胤暗叫了聲倒楣，這廉察使怎麼偏偏現在來了？

梁胤心底百轉千迴，還是點頭應下了。

其實沈家人還沒有認罪，當然沈家人認不認罪沒有關係，甚至沈家到底有沒有賣混了砒霜的米也沒有關係。

他們秉持的本來就是拖字訣，本來想再關沈忞一個月，沈家就差不多了，沒想到廉察使會來插手。

不過沒關係，他們的目的已經達到大半了。

梁珩首先要求的，就是去牢中看犯人。

他跟著梁胤走進牢房，幾盞油燈下，隱約看得到一排排木柱做成的牢房。

很多牢房是空的，偶爾路過幾間關著犯人的牢房，裡面的人看清他們身上所穿的官服，猛然衝過來大聲喊冤。

隨行衙役一鞭子，就將他們嚇回去了。

初入陰暗中，梁珩的視力有些受影響，想到老丈人的年紀，在這種地方關了一個月，甚為擔憂。

很快地，梁胤在一間牢房前停了下來。

梁珩往裡面一看，一個頭髮散亂的人坐在角落，一動不動。

「你們對沈家人用過刑了？」

梁胤感覺梁珩話中似乎有絲絲寒氣，以為梁珩是懷疑他們屈打成招，忙搖頭道：「沒有、沒有。」

梁珩心下著急，看著老泰山的模樣像是十分不妙。

梁胤見沈忞一動不動，也有些著急，忙叫了一聲。「沈忞、沈忞！」

沈忞聽到有人叫他，抬起頭來，定睛看了一會兒，就見幾個人站在門外。

前面兩個身穿緋色官服，其中一個正是州牧梁胤，另外一個……沈忞已經幾年沒見過梁珩，一下沒有認出來。

「梁大人即刻準備堂審吧！時間不多，本侍御史希望在走之前，本案能有個結果，本侍御史也好與皇上交差。」

正當梁珩他們說話時，沈忞不知何時已經走了過來。

作為涼州第一富戶，沈忞怎會跟官府沒有交情？這件事沈家明顯就是被陷害的，可梁胤卻裝聾作啞，將他關起來，不提審，也不動刑。

沈忞知道，梁胤這是一定要沈家死了。

「梁胤，你把老夫關進來，一不動刑、二不提審，你就是想拖死我們沈家，再也做不成生意。你吞下我沈家多少好處？現在胃口大了，想將我沈家整個吞下，小心別噎死你。我告訴你，我女婿在京城裡做御史，你最好不要讓我女婿查到你……」

梁胤怕沈忞再說出別的來，連忙打斷。

「梁大人，這裡陰冷，我們上去說吧！」

這沈忞會有做御史的女婿？他就那一個不守婦道的女兒，幾年前悄悄地嫁人了，也不知道嫁給什麼人去了，都幾年沒有聽說過消息了。

且他要是有做御史的女婿，沈家一開始會不說？

梁珩卻沒有理會梁胤，上下打量了一番老丈人。

只見老丈人有些形銷骨立，說話已經中氣不足，不復當年他娶沈蓁蓁時那麼精壯魁梧、精神抖擻了。

沈忞仔細看著梁珩，覺得有些眼熟，再細細打量，不確定地叫了一聲。

「賢……賢婿？」

梁胤震驚地看著一臉難以置信又帶著絲喜色的沈忞，這姓沈的老傢伙莫不是被關出毛病來了，竟然衝梁侍御史叫賢婿？

「沈忞，你亂叫什麼？誰是你女婿?!」梁胤厲喝一聲。

若說剛剛沈忞還有些不確定，這會兒相隔不過兩步，沈忞看得更清楚，更加確定這就是他女婿。

「賢婿……你、你怎麼來了？」

梁胤見沈忞還在胡言亂語，正想喝止，突然驚恐地聽到身邊的梁侍御史叫了一聲「爹」。

梁胤僵硬地轉過頭，就聽梁珩說道：「爹，您受苦了，您放心，此案我一定會查得真相大白，您身體還好嗎？」

沈忞簡直喜極而泣，雖說他知道女婿在京裡做御史，但畢竟遠在天邊，遠水救不了近火，且梁珩初到京城，沒有什麼根底。梁胤他們不過是要財罷了，身外之物自然不及家人平安、女婿的前程重要，沈忞就從沒有想過要將這事告知梁珩，沒承想女婿今天就出現在他面前！

「好、好！賢婿，我沈家素來多行善事，怎會做下在米中混砒霜的惡行來！賢婿，你要證明我沈家清白啊！」

「爹，您放心，若沈家是清白的，我一定不會讓任何人陷害沈家！」

沈忞說不出話來，只是連連點頭。

這一個月來所受的陷害、無處伸冤的絕望、對沈家命運的擔憂，讓經歷了無數風雨的沈忞深受折磨。

這一刻看到女婿，禁不住老淚直流。

梁珩將手伸入木欄縫隙，緊緊握了握沈忞的手。

「您別太擔心了，我會處理好的。」

沈忞抹去兩滴濁淚，用力點了點頭。

梁珩看了看兩頰已深深凹陷的沈忞。「爹，您保重，我這就上去了。」

沈忞點點頭，在微弱的油燈下，雙眸總算有了些光亮。

梁珩上前走了好幾步，同樣驚呆的衙役比梁胤先回過神來，連忙推了推還在神遊的梁胤。

梁珩並沒有理會落在後面的梁胤，徑直出了牢房。

梁胤滿心複雜地跟了上去，看著走在前面的梁珩，感覺像是一場噩夢。沈忞的女婿是本年巡查的廉察使？還是侍御史？沈家人這是捂金蛋子嗎？怎麼從來沒有在外面說過一句？御史是什麼？天子近臣！要是他們說了，別說是侍御史，哪怕是御史臺一個小小的吏員，他也萬萬不敢動沈家啊！

梁胤小跑幾步，跟上梁珩，小心翼翼地問道：「梁大人，您真的是沈忞……不，沈老爺的女婿嗎？」

梁珩沒有回頭。「梁大人，這不是你該關心的，本侍御史認為你現在該做的，是盡快提審沈家人，查明案情，盡快結案，你認為呢？」

梁胤連忙點頭。「是、是。」

梁珩轉頭看了梁胤一眼，梁胤滿臉都是悔不當初，額頭上布滿汗珠。

梁珩知道，這案子肯定會圓滿結案，原因不外乎沈家是被冤枉的，死者另有其死因。

果然如梁珩所料，一天不到，沈家糧鋪的案子就大白於涼州城，結局和梁珩意料的沒有差多少。

這案子明顯就是有人陷害沈家，但是梁珩沒法查。

強龍不壓地頭蛇，他就算是皇使，也沒辦法調動當地的衙役為他辦事查案，何況在這件事裡，一定少不了梁胤。

沈忞無罪釋放了。

沈蓁蓁看著大哥、二哥攙扶著髮冠散亂的父親走下馬車，強行壓抑翻滾的淚意，迎上前去，扶住沈忞。

「爹……」

沈忞看向女兒，安撫地笑了笑。

許氏看著風雨相伴一生，經歷這無端折磨變得蒼老虛弱的丈夫，眼淚直流。

沈忞看著身旁淚流不止的老妻，伸手握住許氏的手。

「別哭了，我沒事，在孩子面前像什麼樣子？」

沈忞這輩子沒跟許氏這麼輕聲地說過話，許氏聽著卻覺酸澀更甚。

大夫已經請來了，等沈忞沐浴完，大夫替沈忞把了脈，只說寒氣侵體，身體損耗得厲害，要好生將養著。

沈忞喝了藥，倦意上湧，沒說幾句話便閉上了眼睛。

沈蓁蓁等人見沈忞困倦，都輕手輕腳地出了房，只有許氏留下。

「這次若不是妹婿，我沈家只怕危險了。」沈嘉輝有些後怕地道。

沈宴沈著臉不作聲。

「肯定是那梁胤，不知吃了我沈家多少好處，這事肯定就是他和旁人合夥陷害我們沈家……」

沈嘉輝還沒說完，就被沈宴打斷了。

「二弟，有話我們回書房說。」

沈嘉輝反應過來女眷們都還在身邊，外面的事不管好壞，自有男人頂著，不能讓家中女眷平白擔心，遂住口不言。

沈蓁蓁明白二哥是什麼意思，沒權沒勢卻有錢的沈家，就像是一堆無主的金子，當官的想撿就撿一點。

就在當天下午，州牧府送來一堆補品，說是因為他們的疏忽，讓沈家老爺受苦了，這是梁州牧的一點補償。

沈家多年的善行積累下來的口碑毀於一旦，只用一句「疏忽了」就打發了。就算這案子是被誣陷的，也已經在涼州百姓心中留下陰影，以後再想在涼州城做糧食生意是不可能的了，這也許正是對方想要的結果。

另一頭，一間酒樓的雅廳內。

「你之前怎麼不查一查沈忞的女婿在京裡做御史？你想害死本官嗎?!」

「沈家一點風聲都沒透露啊，誰知道他女婿竟然是御史？這事您可不能怪我，就連您都不知道官場上的消息，我上哪知道去啊！」

「你！本官被你害慘了！」

一刻後，兩人前後從酒樓裡出來，走在前面的正是州牧梁胤，而後面出來的則是涼州第二大富商，曹吉。

本來沈家做玉石生意也就算了，前幾年又開始插手糧食市場，這就讓曹吉不是很舒服。這塊餅本就不大，沈家再插手進來分走一大塊，誰都不會高興。

本來曹吉不高興也做不了什麼，就憑他也動不了沈家。

直到曹吉將自己的女兒送給梁胤做小妾，兩人算是搭上了親戚關係。

但就算有這層關係在，梁胤也未必會幫曹吉整沈家；誰知道沈家又做起了淮繡生意，還賺了個盆滿缽滿。

本來曹家只差沈家一點點，這樣一來，沈家已經完全輾壓過曹家，不只在涼州，就是在附近幾個州的生意也是越做越大，這讓曹吉更不舒服了。

瞅著機會，曹吉就跟梁胤說了。

沈家如今已是家大業大，再也不將梁胤放在眼中，在這裡得罪了他也不怕，還不如將之收入囊中云云。

一次、兩次、三次……次數多了，梁胤也有些動心了，他的任期快到了，到時調往別的州，上哪找這麼個金倉庫啊？

於是，瞅著機會，梁胤他們就動手了。

只是沒想到運氣這麼不好，一下就撞到了槍尖上。

梁胤真是悔不當初啊！

他本來就不乾淨，禁不起查，這一下，只怕梁珩不會放過他了。

送去沈家的賠禮原封不動地退了回來，他想親自上門賠罪，送去帖子，沈家也沒有收下。

次日傍晚，梁珩來到沈家。

沈忞的精神恢復許多，一家人一起吃著飯。

飯後，沈忞拉著梁珩說了良久的話。

經歷過這一遭，明白了樹大招風，所以沈忞決定不做糧食生意了，做得再大守不住，還給奸人平白做了嫁衣。

梁珩因為還要去其他兩州，便讓沈蓁蓁先在沈家住一段時間，到時候由沈宴送娘兒倆回京。

很快地，十天過去了，沈蓁蓁也要啟程回京了。

沈忞十分捨不得外孫，很想跟著他們一起進京，只是沈忞現在身體還不大好，禁不起長途勞累。

沈蓁蓁抵京沒多久，梁珩一行人也回返京城。

這一次出使，三州州牧以及其他官吏都有或輕或重的問題，其中最嚴重的，就是涼州州牧梁胤了。

不過接下來的事自有吏部掌管，梁珩在家陪著妻兒，踏踏實實地休息了三天。

第四天早朝，午門外排起整齊的兩行隊伍，幾個御史拿著簿冊，肅著臉站在一旁。

梁珩沒有感覺到異常，歸了班。

時間很快過去，兩列官員在宮門開啟後進了宮城，在幾個御史搜身之後，走進太極殿。

梁珩依然如往常一樣，首先搜尋著那道筆直挺立的身影。

沒有。

所有人位置都是固定的，可徐恪所在的位置如今卻是空的。

梁珩不由擔心起來，徐大夫不會無故缺朝，難道是病了？

正在猜測間，齊策來了。

梁珩隨眾官員跪下，因為正好站在中間過道的一側，梁珩能看到那雙赤舄從自己面前走過。

今天皇上這步子，似乎格外沈。

齊策沒有像往常那樣口呼平身，他居高臨下，審視著他的臣子們。

皇帝不說平身，眾臣也不敢起來，全都五體投地，跪在地上，不敢揣摩半分天子的心情。

梁珩也察覺到了，今天齊策似乎有點反常。

齊策半晌沒有說話。大殿內鴉雀無聲，良久，一道腳步聲在殿內響起，齊策走下了丹墀。

一聲聲沈重的腳步聲，踩在眾臣心上，誰也不敢抬頭望向年輕的君主。

「這就是你們想要的？」

齊策突然出聲喝問，沒人敢回應。

梁珩將頭伏在自己的手背上。皇上這話怒氣滔天，想來是在他休沐的這三天裡，發生了什麼大事，才會讓齊策這個懂得隱忍的天子如此大怒。

齊策怒喝了一句後，沒人回答，當然，齊策也不需要人回答。

齊策環視著四周跪在地上的臣子，滿腔怒火驟然消散，走上丹墀，跌坐在龍椅上。

他摩挲著龍椅上鑲的寶石，這把龍椅曾讓多少人爭破了頭，可他坐了這麼多年，一直都是深深的倦意，尤其今天更甚。

齊策坐在龍椅上良久沒說話，底下百官們卻有點堅持不住了。就這麼跪在漢白玉質的地板上，一跪就是半個時辰，讓素日養尊處優的大臣們很是吃不消，個個都是滿頭大汗，雙腿打顫，強行撐著。

就在一干大臣感覺自己要暈過去時，上首的皇帝總算發話了。

「退朝吧！」

說完齊策也不管下面大臣，扔下眾臣徑直走了。

武將還好，文官簡直連站都站不起來了，只怕這一跪，老膝蓋要遭罪許多天。

梁珩也是有點吃不消，勉強站起身來。

等前面大臣們一瘸一拐地離開，梁珩才跟在後面出了太極殿，回到御史臺。

梁珩走得比較快，到了臺院時，其他人都還沒有回來，過了沒多久，其他御史才陸續回來。

梁珩笑著一一打過招呼，卻發現今天氣氛好像不大對，大家都陰沈著臉。

梁珩悄悄問身邊的黎丙仁發生什麼事了？

黎丙仁驚訝地睜大眼睛。「梁大人不知道嗎？徐大夫已經致仕了。」

後來梁珩才知道徐恪是以什麼理由致仕的。

徐恪上表曰，年輕時，雖在父母跟前卻沒有好好盡孝，如今父母已是日薄西山，故請辭官，好在父母終老前，在床前侍奉，盡人子之責。

大齊以孝治天下，這理由，就算是皇上也不能拒絕。

當然齊策一開始是不同意的，只是徐恪在御書房前長跪不起，齊策最後將他叫了進去，兩人談了許久。

出來時，齊策已經准了徐恪的奏請，到底兩人談了什麼，誰也不知道。

梁珩不明白為何徐大夫會在正值盛年時自請辭官致仕，真的是要侍奉父母嗎？這也有可能。

午後，梁珩邊走邊沈思，不知不覺間，走到了一間房外。

看著似曾相識的擺設，梁珩突然反應過來，這是到了徐大夫曾用的房間外了。

房門沒上鎖，梁珩猶豫了會兒，推開了門。

秋日的陽光褪去了夏日的毒辣，從門縫裡躍入，為有些陰冷空洞的房間添了幾分暖意。

房裡的佈置還是和以前一樣，那張書桌上依舊放滿了簿冊，甚至還有一只青花色茶杯放在書桌右上側的地方。

梁珩怔怔地看著那張書桌，好似徐恪依然坐在那後面，看著簿冊，頭也不抬地叫他坐。

「梁御史？」

梁珩似乎又聽到了徐恪叫他，他還是怔怔地站著。

直到感覺自己肩膀搭上一隻手，梁珩微微一驚，轉過頭，就見徐恪站在他身後。

「徐大夫！」

梁珩沒想到徐恪真的會出現在他面前，頓時激動得不能自抑。

徐恪神色卻很平靜，繞過梁珩，走至書桌後。
梁珩有很多話想跟徐恪說，可真的看到了他，又不知道該說什麼了。
徐恪沒有理會他，兀自收拾起東西。
梁珩站在旁邊，想上前幫忙，又不知該幫徐恪收拾什麼。
徐恪慢條斯理地整理了簿冊，分開放了好幾堆，房內只有一些書冊的聲響，兩人誰都沒有說話。
不知過了多久，徐恪已經將桌上的東西整理好了，又去整理書架上的。
「徐大夫……需要我幫忙嗎？」
梁珩終於擠出一句話。
徐恪停下動作，看向梁珩，半晌，搖搖頭，又轉過身去收拾東西。
「我一直在想，以前對你說的那些話，是否很多都是錯的。」徐恪突然出聲道。
「啊……啊？」梁珩有點沒反應過來。
徐恪沒理會驚訝的梁珩，將自己的東西打包好。
「新御史大夫應該這兩天就會上任了。」徐恪繼續道。
徐恪所說的話，想必是上次徐恪叫他過來時說的那些，梁珩一直記得，也會終身記得；可現在徐恪告訴他，也許那些話都是錯的？
「徐大夫，您不是因為回家盡孝才自請辭官的，對嗎？」梁珩問道。
徐恪沈默了會兒，突然說道：「我已經沒有資格再跟你說什麼了。」

梁珩更是不解。

「我想告訴你的是，御史需要剛正不阿，但是同時你也會得罪無數的人，他們隨時準備將你趕下臺，甚至會為此不擇手段。坐在御史這位置上，可能賠上的不只是你自己的身家性命，還有你家人的，也許連你都保護不了。」

梁珩聽著徐恪話中深深的無奈和悲涼，心上驟然一震，立刻就想到家中的妻兒。可能連家人都保護不了嗎？

徐恪很快將東西打包完畢，梁珩想要幫他拖出去，被徐恪謝絕了。

徐恪抱著東西走出御史臺的大門，除了梁珩，沒有其他人相送。

徐恪轉身回望了一眼這進出快三十年的御史臺，這一次出來，就再也不會進去了。

梁珩一直送徐恪到了宮門處。

宮門處有徐恪的家丁等候，見徐恪出來，忙小跑上前，將行李接過去。

兩人皆停了下來。

徐恪轉身看向梁珩，這個他準備栽培的年輕人，他還沒來得及教導他什麼，甚至也還沒來得及告訴他要懂得官場的複雜與防備人心的險惡。

梁珩看著徐恪似乎蒼老許多的面容，一時也不知該說什麼。雖然徐恪什麼都沒告訴他，又好像已經告訴了他全部。

「梁珩啊！」

「您說。」

徐恪透過宮牆，看向裡面巍峨壯麗的宮殿。

「這條路很艱難，可是等你走過了，絕不會後悔。」

徐恪到底還是走了。

梁珩腦中卻一直回想著徐恪最後說的那句話。

第二十七章

新任御史大夫並不是御史中丞升上來的，而是原中書省的諫議大夫賀忠。

賀忠上任時十分低調，自己搬著東西就過來了，用的是徐恪原來的房間。

賀忠沒有聲張，兩個御史中丞也當作不知道，並沒有去見賀忠，只是在後來偶遇時才驚訝地問一句。「您什麼時候來的？」

兩個中丞並不怎麼待見賀忠，原本徐恪走了，兩人心下還暗自有些高興，這下御史大夫肯定要從他們兩個中選一個了。

沒想到半路殺出個程咬金，平白被人搶走本來要落在他們頭上的官職，兩人自是有些不滿。

可誰能告訴他們，這個賀忠怎麼更加冷血無情、鐵面無私？

梁珩也曾和這位新任御史大夫碰到過，梁珩行了禮，就像他和徐恪初次在御史臺見面那般，但賀忠只微微點頭，冷著臉過去了。

梁珩並不以為意，這位御史大夫好像對誰都這麼冷冰冰的。

可梁珩後來才發現他錯了，這位御史大夫對他格外冷淡。他不由困惑，自己以前沒見過這位御史大夫啊？

賀忠一上任，戶部兩個尚書，一個罷黜，一個外放，其他五部也各有波及，趙贇甚至被彈劾濫用職權、買賣官職。

徐恪以前也彈劾過趙贇，只是齊策考慮到趙贇是先皇的開朝元老才網開一面，責令其改過。

但這次，齊策沒有再講情面，直接勸趙贇致仕了。

這把火燒了半個月，梁珩看著一個個官員被罷黜、外放，卻沒想到這把火會燒到自己。

就在半個月後的一天早朝，臺院的一個御史站出來彈劾他，說的是沈家的案子。

這御史彈劾他徇私廢公、假公濟私，利用自己御史加廉察使的身分，迫使涼州前州牧將證據確鑿、已經定案了的沈家之案改判。

齊策不相信，當庭問了梁珩是否確有其事？

梁珩跪在地上。「啟稟皇上，沈家確實捲入了這案子之中……」說到這兒，停了一下。說沈家是被人陷害的嗎？可沒有證據。

「但是沈家確實是無辜的。」梁珩將話說完。

「梁侍御史，沈家是你岳家，你自然偏袒！」那御史冷笑道。

齊策最近很心煩，他知道徐恪自請辭官一定有原因，原因他也清楚明白，導致他現在對所有的臣子都暫時失去了信任。

現在看到連梁珩身上都會發生這種事，齊策深感失望，但還是責令御史臺調查梁珩的事。

結果很快就出來了，雖然最後官府調查出沈家是被人陷害的，但在梁珩去之前，沈家就是主犯。

這事梁珩怎麼都脫不了關係，若不懲處，難平人心。

梁珩被貶黜了，雖然還是侍御史，卻從臺院被貶至察院，已是天壤之別。

當天，梁珩整理好東西，獨自從臺院搬至察院，並沒有人相送。

梁珩並不感到意外，徐恪在御史臺快三十年，離開時都沒有人相送，何況是他？

不過梁珩搬著東西走進察院時，在門口碰到了個熟人。

段續接過梁珩手裡的東西，對他笑了笑。

梁珩看著段續臉上的笑意，像是感覺到了溫暖，心上的寒意也驟然散去。

「段大人。」梁珩微微笑了笑。

「我帶你去侍御史大人的房間吧！」段續道。

梁珩點點頭。「有勞段大人。」

想來段續是特意來這裡等他的了。

臺院和察院緊挨著，中間不過隔了一個院子。

段續帶梁珩到了一間房前，裡面有五、六張桌子。兩人走了進去，段續將東西放在其中一張空桌上。

「梁大人，你先整理，我去給你倒杯茶。」

梁珩點點頭。「多謝段大人。」

看著段續走出房，梁珩這才打量了一眼這間新辦公房。其他幾張桌子桌上都堆得滿滿當當，想來是其他侍御史的。梁珩將自己的東西拿出來，分類整理好，正收拾間，段續就端著一杯茶進來了。

梁珩整理著自己的東西，段續在一旁說明察院的情況。察院一共有侍御史六名，下面屬吏也少，只有令史八員、書令史十員。

兩人聊了沒多久，另幾個侍御史也來了，頗熱情地和梁珩打了招呼。

察院平日的事務很少，梁珩初到察院的第一天，完全沒什麼事，他只好看了一下午的書，直至散卯。

梁珩和段續兩人並肩走出宮門時，在宮門前看到了兩個朋友——劉致靖和易旭，兩人正站在宮門前說著話。

見梁珩兩人出來，劉致靖和易旭朝他迎去。

易旭笑道：「等你好久了，一起去喝一杯，你可不能拒絕。」

梁珩知道兩人這是要安慰自己，才要去喝酒。

梁珩又將段續介紹給兩人。

劉致靖和易旭十分客氣地和段續見禮。

段續見兩人刻意在宮門前等梁珩，想必三人是很好的朋友，也想到可能是因為梁珩被貶官的事才要出去喝酒，所以即使三人盛情邀請，段續還是謝辭了。

等段續走後，三人去了黃梵名下的酒樓，就開在長安街上，如今是長安街上第二大酒樓。

掌櫃自然識得三人，連忙將三人帶到樓上的雅間，又親自上了酒水、下酒菜，這才退了下去。

梁珩知道兩人邀自己來的目的，深深感動之餘，也不想讓兩人為自己的事擔心。

「劉兄、易兄，這杯酒，我敬你們。」

梁珩給兩人斟了酒，又給自己也斟了一杯。

喝完這杯，三人都停下來，先吃點菜墊墊胃。誰都沒有提梁珩貶官的事，直至酒過三巡，梁珩自己便主動說了。

「兩位兄弟，你們別為我擔心，我知道，這官途沒有一帆風順的，我也沒有想做多大的官，我只求這官能做得對得起自己的良心，所以這次貶官，我並不失意。」

兩人聽梁珩這麼說，都知道他並不是在說場面話，便放下心來。

劉致靖道：「梁兄，其實你這次貶官是有點冤的，若是平時，皇上肯定會相信你，可在這當口上，因為徐大夫的致仕，讓皇上對官員有點心灰意冷。你是深得皇上信任的，可就連你都在這時出了這樁事，皇上自然十分生氣，所以你別擔心，等皇上氣消了，肯定會讓你官復原職的。」

梁珩笑了笑。「劉兄可別笑我志短，我真的沒奢望皇上讓我官復原職，且都是在御史臺，我感覺同僚之間，察院比臺院似乎更有人情味一些。」

劉致靖道：「這是因為察院同僚間的競爭沒有臺院大，不用彼此勾心鬥角。」他本來想說在察院晉升太難，且一旦進了察院，就算沒有犯什麼過錯，基本上也要在裡面待一輩子了，所以裡面的同僚們都是要終身相伴的，也就多了一絲溫情。但想到梁珩如今進了察院，便將話吞了下去。

易旭一直沒說話，劉致靖又說到徐恪為什麼會致仕。

「我聽我爹說，是因為徐大夫的兒子出了事，所以徐大夫才不得不致仕。」

劉竟榮畢竟是尚書省的第一把手，如今老對手左僕射致仕回家養老去了，新上任的左僕射不敢和劉竟榮打對臺，所以現在尚書省是劉竟榮一人獨大，因此這事情的內幕，劉竟榮自然是知道的。

梁珩一直想知道徐恪為何致仕，這會兒聽劉致靖這麼說，忙要他說個明白。

劉致靖繼續道：「好像是徐大夫外派做縣官的兒子在任縣判了冤案，犯人已經處決了，且這犯人還極有背景，朝中大臣自然不會放過這把柄，說不定徐大夫的兒子會以命抵命。徐大夫為了保兒子，只能選擇致仕了。」

梁珩不解，徐大夫致仕後，難道他兒子的事就沒人追究了嗎？

劉致靖像是知道他的疑問，繼續道：「可能是有人和徐大夫做了保證吧！徐大夫都已經致仕了，皇上知道原因，所以那些人就算想反悔動徐大夫的兒子，皇上也不會准許的。」

梁珩半晌沒說話，想起徐大夫臨走那天和他說的那句話：我現在已經沒有資格再跟你說什麼了。

當時他不理解為何徐大夫會這麼說，只以為徐大夫指的是他已經致仕了，現在算是白身，不能再對官身的他說什麼。
梁珩現在才反應過來。
徐恪這一生，只怕就只有這一個污點了。
為了保住兒子，不得已向權派低頭，無奈致仕，違背了他多年一直堅持的信念，也辜負了皇帝對他的信任。
這一刻，梁珩似乎懂得徐恪當時臉上的無奈和悲涼。
他一生恪盡職守，只怕從來沒有以私廢公。在參議朝事時，他一向都是鐵面無私，從來沒有為自己謀過一分利，不然憑藉皇上對他的信任，徐恪不會為官三十年都只是個三品的御史大夫。
可老來失節，將徐恪一生的貢獻全都抹殺，在旁人心裡，只會記得他這件事，只怕連他自己，餘生都會引以為憾。
一時間，三人都沒有說話。
徐恪這事不可謂不震撼人心。就連徐恪這樣的人，在權派的打壓下，都不得不低頭，那這朝野上下，還能再有乾淨之地嗎？
這也就能解釋得通，為何齊策在那天朝堂上如此大發雷霆，今天又為何會因為沈家的事就將梁珩貶官。
幾人直喝至深夜，梁珩席間沒喝多少，卻也是昏昏欲睡。
三人走出酒樓，涼風一吹，梁珩微微清醒了些，驟然想起還沒有派人去和沈蓁蓁交代一下，只怕她們都急壞了。

這麼一驚，梁珩的酒都醒了過來。

梁珩那聲「糟」叫出了聲，劉致靖兩人連忙問怎麼了。

聽梁珩說出原由，兩人皆笑出來。

「已經派人去跟弟妹打過招呼了。」

梁珩這才放下心來，酒樓掌櫃見三人都沒有人來接，又準備了馬車，送三人回去。

雖然梁珩渾身酒氣地回來，沈蓁蓁卻沒有生氣。

沈蓁蓁還不知道梁珩被貶官的事，只當三人很久沒聚了，所以今天才在一起喝一杯。劉致靖和易旭都是值得交往的朋友，梁珩能有這兩個好友，沈蓁蓁很為他高興。

沈蓁蓁沒有叫人，自己幫梁珩將衣裳換下，又取來濕帕，幫他擦臉。

這麼多年過去了，梁珩還是如初見時那般溫潤，歲月只在他眉間刻下了沈穩。

沈蓁蓁正俯著身幫他擦拭，梁珩一下睜開眼，將她緊抱在懷裡。

沈蓁蓁沒留神，一下撞在了梁珩的胸口上。

梁珩聽到沈蓁蓁「哎喲」了一聲，微微放開手。

「撞疼了嗎？」

沈蓁蓁輕輕拍了下梁珩的胸口。「都是當爹的人了，還這麼不沈穩。」

梁珩沒有說話，只是收緊了手臂。

沈蓁蓁趴在梁珩胸口，感覺到他情緒似乎不大對勁，輕輕問道：「怎麼了？」

梁珩搖搖頭，又想起沈蓁蓁看不到。

「平平安安的，就很好了。」梁珩喃喃一句。

不過，梁珩最後還是將貶官的消息告訴了沈蓁蓁，夫妻本應同心，他知道若是不告訴她，她會擔心。

沈蓁蓁似乎並沒有多吃驚，梁珩頗有些意外。

「夫君，御史臺本來就是容易得罪人的官職，很多人時刻盯著你，等著你出錯，好把你揪下臺去。」

沈蓁蓁說到這裡，一下想起來，梁珩做官到現在，能被人當作把柄的，只怕只有她娘家的事了。

「是不是涼州的事？」沈蓁蓁問道。

梁珩不禁驚訝，沈蓁蓁竟然一下就猜中了。

沈蓁蓁見梁珩神色，還有什麼不明白的？

沈蓁蓁伸手摟住梁珩的腰。「對不起，夫君。」

梁珩也回抱住沈蓁蓁，輕聲道：「不礙事，妳知道我並不在乎做什麼官。」

沈蓁蓁沒有說話，只是靜靜地抱著他。

一夜無眠，夫妻倆依偎著說了半宿的話。

日子一天天過去，天氣變冷的同時，如意和黃梵成親的日子也快到了。

因為梁珩剛貶官，為了避諱，所以原先商定好從梁家出嫁，變成從剛搬進京城的沈家那邊出嫁。

為了感謝如意對女兒的照顧，沈忞已將如意收為乾女兒。

沈家有管事，將嫁娶一應事宜安排得很妥帖。

如意對趙氏來說，就像半個女兒，所以如意的婚事，趙氏很是上心，也幫忙籌備婚禮。

冬月十二這天很快就到了，沈蓁蓁前天晚上就帶著兒子回沈家宅子住下。

不過五更，沈蓁蓁就起床，等到了如意房裡，果然見她們已經忙起來了。

「娘。」

沈蓁蓁見趙氏在一旁整理嫁奩，走上前叫了一聲。

趙氏轉過身，見是媳婦，笑問：「有人看著暢兒嗎？」

「有，碧兒睡在暖閣裡呢！」

趙氏點點頭，拿起箱子裡一對鐲子，笑道：「這是我給如意的添箱。」

沈蓁蓁湊過去看了看，認出這是趙氏一直珍藏著，好像是她以前的嫁妝。

沈蓁蓁點點頭。「這鐲子真好看。」

趙氏很高興，又說起鐲子的來歷。

很快地，去沐浴更衣的如意來了，見到沈蓁蓁，忙打招呼。

「小姐，您來了。」

沈蓁蓁嗔道：「這會兒該叫姊姊了。」

如意又笑，她萬沒想到老爺會收她做乾女兒，畢竟自己以前是做奴婢的。

沈蓁蓁也送了添箱，是一對金頭釵。

如意化好妝、換上嫁衣，由沈宴揹著出府，沈蓁蓁則跟著送到大門口。

黃梵身著大紅喜衣，等在臺階下，看著沈宴揹著他心上人出來，滿臉的喜色掩飾不住。

沈蓁蓁看著騎在馬上、稚氣不再，只剩下滿臉剛毅和成熟的黃梵，感慨不已。

另一頭，黃家這邊，一眾賓客誰也沒注意到，一個相貌略有些眼熟的中年男子是怎麼進來的。

他十分從容淡定地進了黃家，似乎和這家主人是親戚一般。那些掌櫃只當這男子是東家的親屬或舊識，也沒多注意，只是點頭表示禮貌，那男子也點頭回應，之後就坐在席間，一言不發。

很快地，迎親隊伍就到了，外面鞭炮聲響個不停，眾人都前往堂廳觀禮。

那男子似乎有些猶豫，之後也隨著人群走進堂廳，看著一對新人朝高堂上一把空盪盪的座椅跪拜。

他臉上神情極為複雜，有心痛、自責，也許還有別的什麼。

等新人拜完天地，黃梵牽著紅綢送新娘回新房後，觀禮的眾人也都回到了席間。席間自是一片熱鬧，並沒有人注意到，這個毫無聲息進來的中年男子，不知何時，已不見了蹤影。

梁珩雖然被貶至察院，但是至少遠離了紛爭，可他沒想到，他的安穩日子很快就到頭了。

他被派去刑場監察行刑。

眼看就要到年關，一年累積下來的犯人，必須在年關到來之前，將該砍頭的都砍了。

所以東菜場的行刑臺上，沒幾天就會有一場刑決。

因為這是死刑，一旦施行就再也無法扭轉，所以在犯人處決時，刑場必須要有一名監察御史。

若是犯人喊冤，御史則要叫停，並將人犯帶回御史臺重審。

被判處死刑的，幾乎都是證據確鑿的，所以喊冤的機率並不高。因為站上死刑場一次就已經夠了，就算重審，依然不會改判，而等死的日子是很難熬的。

梁珩是一介書生，以前從來沒有去過刑場，而這工作以前都是由監察御史做，突然分派到他頭上，就算他不甚懂官場，也明白一定是有人要故意為難他。

後來，梁珩才知道這是賀忠的意思。

只是上官的命令，自然得執行。

梁珩生平首次坐在死刑場上，處決的是一個中年男子，因為殺人被判了死刑。

劊子手身著半臂紅衣，懷抱巨刃，站在犯人的身後。

梁珩坐在一旁，看了看這犯人的卷宗，證據齊了，人犯也招了供。犯人到死都沒有喊冤，只是在時辰越來越接近午時的時候，渾身發抖，屎尿流了一地。

梁珩看著劊子手手起刀落，乾淨索利，面色略有些蒼白，在卷宗上簽下自己的名字時，手都忍不住發抖。

旁邊的吏員見梁珩面色不好，上前關切地問：「大人，您還好吧？」

梁珩只擺了擺手，沒有多說一句話。

梁珩坐著馬車回到了御史臺，匆匆將卷宗放回房間後，進了茅房，吐得昏天暗地。

這件事，梁珩並沒有告訴沈蓁蓁。

之後有大半個月，梁珩都是在刑場上度過的，從一開始吐得昏天黑地，到最後已能面不改色。

也因為這事，誰都知道新上任的御史大夫對梁侍御史並不是很滿意，不然不會如此針對他。

梁珩遭了殃，大多數人都是拍手稱快，畢竟梁珩晉升得太快，讓那些四、五十歲還不過是個小小監察御史的人，多少次在底下咬著牙喝罵不公平。

年關即將到來，梁珩也在刑場上坐了快一個月。

這個月，梁珩目睹了十餘名死囚砍頭，而刑臺之下，從一開始滿滿當當都是看熱鬧的百姓，到最後只有寥寥幾人。

今天可能是最後一個了，只要進入十二月，因為忌諱，就算還有囚犯沒有行刑，也要等到來年秋後了。

這天梁珩依然巳時就到了刑場。

沒多久，一輛木頭囚車就將人犯拉來了。

梁珩坐在案後，看著兩個禁兵將人犯從囚車上拖下來，囚犯似乎身體不便，走路一跛一跛，散亂的頭髮將臉遮去了大半，看不到正面。

梁珩只略看了一眼，就收回目光，幾乎所有在天牢待過的死囚都是這模樣。

梁珩喝了口茶，抬眼的瞬間，見吏員上前查驗人犯的身分，那人犯的頭髮被吏員撩起，吏員手拿著畫像比對。

因為人犯臉上太髒看不清，吏員便用帕子將人犯臉上的污垢擦去，一張頗為端正的面容露了出來，看起來不過三十來歲。

以往囚犯跪在刑場上時，神色大多極度恐懼，或是後悔，可這個人的臉上，滿是憤恨和不甘。

梁珩放下茶杯，認真地打量人犯一眼。

沒錯，就是絕望、憤恨、不甘。

梁珩感覺到這人犯應該會說點什麼。

可時間一點一點過去，差半刻就要到午時了，人犯始終沒有半點動作，臉色蒼白，渾身發抖，最終低下了頭。

很快就到了午時，站在人犯背後的劊子手，端起身旁一只裝滿烈酒的大碗，埋頭喝了一大口，又噴了一大口在刀刃上。

在陽光最強烈的時候，劊子手緩緩舉起手中那柄大刀……

也許是刀尖拖過地磚的聲音刺激到人犯，他突然激動起來，猛地抬起頭，望向蒼天。陽光一剎那直射他的眼睛，人犯狂亂地猛搖著頭。「我沒殺人……我沒殺人！我沒有啊！」

劊子手的刀已經舉到了半空，梁珩那聲「停」及時喊在刀落之前。

劊子手畢竟有經驗，人犯叫了冤，肯定要帶回去重審，也生生地在半空收回力道。

梁珩站起身來，只見那人犯已經癱倒在刑場上，他暫時從鬼門關前逃了一回，大聲號哭起來。

重新審案極為繁瑣，但畢竟人命關天，若真的弄出冤假錯案，誰都討不了好，所以梁珩帶著人犯回到御史臺，賀忠還是很重視這種情況的。

賀忠看了人犯一眼，命禁兵將人押進御史臺的牢房。

梁珩交上卷宗，正打算要走，卻被賀忠叫住了。

「梁御史。」

梁珩轉過身來，就見賀忠站在他房門的門前，面無表情地看著他。

「剛好監察刑場的事結束了，你就負責重審剛剛這個人犯吧！認真點，別弄出什麼岔子來。」

梁珩看著滿臉嚴肅的賀忠。查案本來是臺院的事，但是賀忠都親自命令他了，梁珩也只能應下來。

梁珩又回去把卷宗拿回來，出門前碰到了黎丙仁。

黎丙仁朝他客氣地點了點頭，不待梁珩應答，就快步從他身旁走過。

如今誰不知道，新上任的御史大夫不待見梁珩，所以都儘量離梁珩遠一點，萬一自己也被賀大夫盯上，天天被派去查多年累積下來的疑案就糟了。

梁珩並不在意，出了臺院，往察院走去。

進了察院，迎面碰上段續。

「刑場的事都完了？可以歇上一歇了。」段續笑道。

梁珩揚了揚手裡的卷宗。「怕是還不行。」

段續湊上來，看著梁珩手裡的卷宗。

「這是什麼？」

「這人犯在刑場喊冤，又被押回來重審了。」

段續點了點頭，這種情況並不罕見，也不奇怪。

「那你要把卷宗送回臺院去，他們要重審一遍。」

梁珩邊走邊道：「我剛從臺院拿這回來。」

「啊？拿回來做什麼？」段續不解地問道，這案子不歸他們察院管啊！

「賀大夫命我審查這案子。」

段續驚訝更甚，這賀大夫做得也未免太過了吧！派梁珩去監察一個月的刑場還不夠，還要將這個本應由臺院御史做的工作讓梁珩做？

梁珩看著段續頗有些為他憤憤不平的樣子，伸手輕輕拍了拍段續的肩。

「無礙，上命下行嘛。」

段續也不知該說什麼了，賀大夫平日看著不像氣量狹小，應該也是個鐵面無私的人，可對梁珩真的好像在公報私仇一般。

段續私下問過梁珩是不是以前有什麼地方得罪過賀大夫？梁珩雖說在上朝搜監時見過賀大夫，但從來沒有什麼交集。

段續見梁珩說得肯定，就更不解了。

梁珩自己則比較淡然，他能保證自身的行為無錯，卻無法阻止旁人。

察院清閒，段續見梁珩被分派了這個任務，不由有些好奇，便跟著梁珩進了房。

原來這人犯名叫張知書，年方三十一，京城人士。

半個月前的一天早上，張知書家的僕人來官府報案，說家中夫人突然暴斃家中，死狀有些可怖，所以派下人來報案。

新上任的京兆尹吳奉立刻派衙役和仵作前往張知書的家，檢查事發現場和張知書妻子的屍體，這時張夫人已經入殮。

沒想到官府的人一開棺，就發現張夫人面色發黑，一邊臉還腫了起來，像是被人捂住口鼻殺死一般。

這下，張家上下都緊張起來了，看著像是意外死亡的夫人，竟是他殺？

吳奉也高度重視這案子，將張知書和張家的下人一一叫到京兆尹錄述口供。

張知書說自己當天晚上和友人喝多了，並沒有在正房睡，而是睡在書房。次日醒來已是日上三竿，等他回正房時，發現妻子躺在地上，已經死了，這才連忙派人報官。

張知書的供述中，並沒有什麼線索，但是幾個僕人卻說出一條極有用的線索。

張家是書香門第，張知書為人最是風流，最喜歡和一些朋友出去飲酒作樂，家中一應事宜皆甩手不管；而張夫人個性強勢，丈夫不思上進，整日花天酒地，讓她極為不滿，所以夫妻倆經常吵架。

張夫人死前，夫妻倆才大吵了一架，而這件事，張知書在供述中並沒有提到。

張夫人的陪嫁丫鬟還說，當晚她聽到老爺和夫人激烈的爭吵聲，還有砸桌椅的聲音。

這話和張知書說他當晚回來直接宿在書房的說法有矛盾，且殺人的動機也有，張知書馬上就被列為疑犯，抓起來拷問。

段續沈吟片刻，這案子看起來並沒有太多的不妥。

張知書有做案的動機，他的供述和下人的話出入極大，更讓他多了幾分嫌疑；且沒有證人能證明那晚他真的沒有去過正房，而宿在書房。

段續想了一會兒，還是沒有頭緒，便看向梁珩。

梁珩還在沈思。

段續沒有打擾他，等了一刻，梁珩才回過神來。

「怎麼樣？有頭緒嗎？」

「張知書有貼身小廝，若是張知書喝醉了，為何那晚沒有貼身照顧張知書？還有那個張夫人的陪嫁丫鬟，聽到吵架聲和砸桌椅的聲音，為何沒有去察看？」梁珩像是在問自己一般，喃喃了兩聲。

不待段續說話，梁珩又接著道：「看來我們還要將張家的下人詢審一遍。」

段續點點頭，這些確實還沒弄清。

「還有，張知書一開始並沒有招供，一直說自己是冤枉的，只是後來在京兆尹那邊用了刑，才招了。」

梁珩沒有明說，但是段續知道梁珩的意思，懷疑這是屈打成招。

賀忠將案子交給梁珩辦的同時，也賦予了他可以調動眾監察御史和吏員的權力。

梁珩馬上派吏員去張家，準備將張家的下人都叫到御史臺來問話。沒承想，張家的三個主子，一個死了，一個命在官府手上，只剩一個才幾歲的孩子，所以張家已經樹倒猢猻散，大多下人都離開了張家，包括張知書的貼身小廝。

還好張夫人的陪嫁丫鬟沒有離開，派去的吏員便將丫鬟帶回御史臺。

說是丫鬟，其實已經快三十歲了，估計是打算終身不嫁，跟在主子身邊。

梁珩便提出他的疑問。

丫鬟只道夫人和姑爺兩人經常吵架，吵到不可開交時也會動手，所以她習以為常，並沒有起身察看。

梁珩一直觀察這丫鬟的神色，她臉色很平靜，似乎是在說一個事實。

梁珩又反覆看了看屍體檢驗文書。

指甲斷裂，舌尖也有傷痕，像是被捂住口鼻，極端難受時咬破的，除了這些，就沒有別的傷痕了。

「脖子上沒有傷痕，應該不是被勒住脖子窒息而死的。」段續在一旁分析道。

梁珩搖搖頭。「這不一定，如果是用很寬鬆柔軟的布勒住人的脖子，也不會留下傷痕。」

說著，他抽出自己的棉質褻衣給段續瞧。「就像這種衣裳的布料，就不會在脖子上留下痕跡。」

段續撓了撓頭，問完了這些下人，依然沒有線索啊！

「那接下來怎麼辦？」段續問道。

梁珩道：「但凡人命之事，屍、傷、病、物、蹤，缺一不可，我們自然要再驗一驗張夫人的屍體了。」

段續臉都綠了。那張夫人可是死了半個月，入土都十來天了，現在不知已經腐爛成什麼模樣了。

梁珩對檢驗屍身這事，自然是不懂的，便從大理寺借調了一名仵作來，跟著他們一起去張夫人的墓地。

五、六個府兵將墓挖開，打開棺木。

梁珩和段續站在坑邊，段續嚇得用手捂住眼睛，從縫隙裡瞧了瞧。

仵作下了坑，翻檢著屍身，旁邊跟著一個見習的仵作，拿著紙筆，記錄著仵作說的情況。

三刻鐘過去，仵作從坑裡出來，見習小仵作將手裡寫了滿滿一篇的紙，遞給梁珩。

梁珩接了過來，迅速看過一遍。

段續也湊過腦袋，看得仔細。

梁珩看完，眉頭緊皺。檢驗的結果和京兆尹的仵作說的一樣，依然是被人捂住口鼻致死的。

仵作還站在一旁，以防梁珩有問題要問。

「曹仵作，張夫人有沒有可能是被人勒住脖子，窒息而死？」

曹仵作六十歲上下，經驗十分豐富，聽梁珩這麼說，便道：「脖子上的軟骨沒有破裂，也沒有傷痕，不太可能。」

梁珩又將和段續解釋過的那番話說了。

曹仵作沈默了下，這種可能也是有的，只是他沒有遇到過。

「梁大人不知從何得知？」曹仵作沒想到這個年輕的御史還懂得這方面的知識，不禁驚奇。

「之前在書上看到的。」

梁珩到了察院，大半個月都沒有什麼事，便一直翻看著御史臺的藏書，裡面不乏一些古籍，且都是針對律法、獄訟的。

曹仵作似乎極為高興，又問了梁珩還有沒有別的發現？他這大半生都在與屍體打交道，突然聽到自己從來不知道的知識，很是興奮。

梁珩想了想，又道：「這種死亡方式，脖子上不會有傷痕，和被人捂住口鼻窒息而死一樣，都會有一個由於憋氣，氣往上衝，而在頭頂上形成的腫包。」

曹仵作大感驚訝，他從來沒有聽過這樣的說法，忙又跳下坑，在屍身的頭頂上認真摸了起來。

「梁大人，沒有腫包。」曹仵作道。

段續這會兒顧不上害怕了，忙朝坑裡看去，只是這樣看也看不出什麼來。

梁珩臉上有了絲喜色。

查到這裡，似乎終於出現了新的線索。

就算死者頭頂沒有腫包，還是不能認定死者不是因為他殺而死，因為凡事有例外，這不足以作為證據，但是總算為案子提供新的破案方向。

因為陪嫁丫鬟說曾聽到吵架聲和砸桌椅的聲音，但是卷宗上並沒有記錄現場的桌椅情況。

梁珩又帶人去了張家。

張家大門緊閉，好不容易叫開了，開門的應該是張府的管家。

管家聽說梁珩他們是來重查張知書的案子，驚喜萬分，連忙帶眾人去了正房，也就是張夫人暴斃的房間。

張家只是小門戶，宅院並不大，房間門上貼了封條，一個禁兵上前將封條撕下，推開塵封半個月的門。

梁珩走進房間，房間正中央有一張桌子，桌旁用石灰粉撒成一個人形，不過這個位置並不準確，因為官府的人過來時，死者已經入殮了，這只是根據張家人回憶，後來才畫出來的。

桌後約八步處就是床，床上鋪著被褥，有些淩亂。

「這床事發後動過嗎？」梁珩指著床問道。

「沒有人動過。」管家肯定地說：「當時忙著安排夫人的後事，且官府的人很快就過來，這房間被封了起來，沒有人再進來過。」

梁珩點點頭，上前看了看床。

床上是棉質青色的被面，床頭中間處放了一只枕頭，另一只隨意地靠牆放著。

梁珩看著那個枕頭，感覺甚是奇怪。他和沈蓁蓁兩人雖然各自有枕頭，但是是挨在一起的，這樣倒像是只有一個人睡的模樣。

除了那張桌子，還有兩把凳子，都放在了靠牆處。

梁珩問那凳子是不是有人動過。

管家回想了一下，點點頭。「當時要抬夫人出去，那兩張凳子礙著路，就被放到了一邊。」

梁珩不禁皺了皺眉，看樣子事發現場都被破壞了。

「梁大人。」

梁珩回過頭，見是段續，他正觀察著那兩張凳子。

梁珩走過去。「段大人可有什麼發現？」

段續指著凳子，說道：「那丫鬟說聽到砸凳子的聲音，她睡在耳房，至少離這正房有二十步，這麼遠聲音都能傳過去，想來這凳子也砸得很用力了；可是您看，這凳子上的紅漆，卻是完好無損。」

梁珩輕輕搬起兩張凳子，仔細看了看，果然如段續所說，凳子沒有絲毫損壞。

梁珩翻了翻爰書，上面的錄述中提到，死者曾在一個月前請過大夫。

梁珩又問了管家。

這事管家知道，當時大夫還是他去請的。

「當時夫人和老爺吵了一架後，夫人說自己喉嚨不舒服，我就去請了大夫。大夫說可能是喉嚨傷了，給夫人開了藥，又交代說不可再大聲叫喊。」

這病看起來似乎跟這案子沒什麼關係，喉嚨因吵架而傷，也不可能會要人命，所以京兆尹那邊並沒有重視，在卷宗中也只是一筆帶過。

梁珩卻覺得這可能是一條線索，於是又派人去將那大夫請了過來。

大夫很年輕，不過三十來歲，姓李。

梁珩仔細問了死者生前的病情，李大夫便將那天的情況說了。

那天他被請來張家，張夫人說是喉嚨痛，他把了脈，張夫人是心火太旺，加上當時張夫人身邊一個丫鬟說，張夫人可能是說話太用力而傷了喉嚨，他便開了清熱解火的方子。

梁珩命人記下了大夫的錄述。案情查到這裡，似乎有了些進展，又似乎什麼發現都沒有。

重審案子有時限，只有三天。

梁珩等人又回到御史臺。

「那小廝找到了嗎？」梁珩問了負責的吏員。

「還沒有，已經查到他回鄉下的家中了，很快就能帶回來。」

梁珩點點頭，又反覆看了爰書和卷宗。

爰書上，那小廝的供詞是當晚他扶著張知書到書房歇下後，就回屋躺下了。這似乎有問題，作為貼身小廝，難道不應該貼身照顧醉酒的主子嗎？

一天很快過去，似乎沒有太多進展。

散卯之後，梁珩回了家，就見沈蓁蓁坐在榻上，手上不停，正做著衣裳。

「蓁兒，我回來了。」

梁珩進房後，先脫下外衣，褪下滿身寒氣，這才朝沈蓁蓁走去。

「冷吧？這裡衣快做好了，你明天就可以穿了。」沈蓁蓁抬頭笑道。

沈蓁蓁手裡是一件用毛皮做成的裡衣，可以穿在官服裡，十分暖和。

梁珩走過去，挨著沈蓁蓁坐下，伸手擁住妻子。

沈蓁蓁偏頭看向靠在自己肩頭上的丈夫。

「怎麼了？」

「有點冷，靠著蓁兒暖和。」梁珩笑道。

「你快去拿件外衣穿上，屋子裡雖然暖和，還是要仔細些。」沈蓁蓁道。

梁珩伸手拉住沈蓁蓁的手，拿下她手上的針，放至一邊，將她緊緊地摟在懷裡。

「這樣就不冷了。」梁珩笑道。

兩人成親多年，梁珩依然如當年一般，一直暖著她的心。

沈蓁蓁抽出手，緊緊抱著梁珩。

兩人依偎了一會兒，沈蓁蓁還是擔心梁珩，又道：「你身體虛，還是快穿上外衣吧！萬一病了，我可不准你進房門，免得你過病氣給暢兒。」

梁珩只好委屈地去找了件衣裳穿上。

「我身體虛嗎？我身體好得很，晚上就讓蓁兒體驗一下。」梁珩又擁住沈蓁蓁，在她耳邊輕輕說道。

沈蓁蓁輕輕打了下梁珩的背。「瞎說什麼呢，沒羞沒臊的。」

梁珩轉過頭，看向沈蓁蓁，突然低頭親了她一口，笑道：「我親我自己的夫人，要害什麼羞？」

難得兒子不在身邊，兩人許久沒這麼親熱了，沈蓁蓁也不由有些意動，主動湊上去，纏綿相吻。

兩人相伴不覺經年，卻依然還是彼此心中最美好的模樣。

「暢兒呢？」梁珩問道。

「在爹他們那兒呢！爹喜愛得緊，今晚可能不回來了。」

梁珩點點頭，岳父正是為了外孫才搬進京城的，有兒孫陪伴，老人晚年也能過得舒心些。

「昨天暢兒不是咳嗽嗎？那大夫診斷說是得了風寒，今天帶著暢兒去爹他們那裡，爹一聽暢兒病了，忙又請了附近一家醫館的坐堂大夫來瞧，說暢兒好好的，昨天咳嗽可能是初到冬天，嗓子一時不適，又重新開了藥。」

「昨天我就說兒子精神很好，不像是病了的模樣，看妳嚇得一晚上沒睡好。」

「可能是那大夫誤診吧……」沈蓁蓁無意道。

梁珩卻怔住了。

「蓁兒，妳說什麼？」

沈蓁蓁見梁珩愣住，不禁疑惑。「怎麼了？」

梁珩喃喃道：「可能是誤診……」

「對啊，爹他們宅子旁邊那家醫館是老字號，幾代人都是行醫的，十分有名，暢兒喝了藥後，很快就不咳了。」

梁珩放開沈蓁蓁，站起身來。

「夫君，你要去哪兒？」沈蓁蓁見梁珩下榻穿鞋，忙問道。

梁珩頓了頓。「我有事要去爹他們宅子旁邊的醫館一趟，妳先吃飯，別等我。」

沈蓁蓁見梁珩面色著急，不由擔心起來。

怎麼說得好好地就要出去了？

梁珩打開門，回頭見沈蓁蓁面有憂色，又忙折回來。

「我要去確認一件事，不是家裡的事，是御史臺裡的事。妳別擔心，我去問問大夫，一會兒就回來。」

沈蓁蓁這才微微放下心，點了點頭，目送梁珩出去。

次日。

早朝後，梁珩和段續兩人往御史臺走，兩人邊走邊說話，進了御史臺沒多久，賀忠便派人來叫他了。

梁珩進了賀忠的房裡，房裡燃著炭火，十分暖和。

「案子有進展了嗎？」賀忠問道。

「有了些眉目。」梁珩回道。

賀忠點了點頭，沒問是什麼眉目，只道：「這事，京兆尹那邊也看著的。」

說著頓了頓，似乎是冷笑。「那吳奉為了政績，人命關天的案子也能這麼敷衍過去，真是……」

說到這裡，賀忠停了下來，對梁珩擺了擺手。「你回去吧！」

梁珩怔了怔，拱了拱手。「那下官告退。」

往察院的路上，梁珩一直回想著賀忠的話。

賀忠是清官、是稱職的御史，這點毋庸置疑，只是個性太冷。

梁珩回到察院，段續正好要出房間。

「段大人往哪裡去？」梁珩問道。

段續笑道：「去泡兩杯熱茶。」

梁珩道：「我有了些新線索，段大人要一起去嗎？」

段續一聽，興奮不已，茶也不泡了，回房間拿上東西，梁珩又叫了人，一行人出了御史臺，往宮城外去了。

張夫人的屍體已經移放至義莊，梁珩和段續帶著上次的仵作去了義莊。

因為天氣很冷，所以屍體腐爛得並不厲害，但還是有一股濃重的屍臭味。

梁珩兩人站在一旁，看著曹仵作在屍身上檢查。

段續見曹仵作從死者嘴裡挾出一片片白色的薄膜，也顧不上害怕了，捂著鼻子湊上前看了看。

等曹仵作驗完，梁珩便問道：「曹仵作，如何？」

曹仵作緊皺著眉頭。「梁大人猜測得沒錯，死者喉部確實有一層白色薄膜，且我剛才打開死者的嘴，才發現死者嘴中有傷痕，而死者指甲中有肉屑，這點以前已經有過記錄。」

梁珩點點頭，這點京兆尹那邊的卷宗中也有記錄，而張知書身上並沒有傷痕，所以這也是個疑點，但是京兆尹那邊最終忽略了這個疑點，在張知書認罪之後，直接定案了。

曹仵作說到這裡，揭開死者的衣裳，指著死者胸前一塊狀如蛇纏般的斑點。「梁大人請看這個。」

上次梁珩也看到了這個痕跡，只是當時卷宗上面同時寫了這不是傷，所以梁珩沒有將這個視為疑點。

案子查到這裡，真相差不多已經明瞭了。

段續雖然跟著梁珩走了這一趟，還是不知道查到了這些，對案情有什麼幫助？在兩人收拾好東西回御史臺的路上，段續終於忍不住問了出來。

「張夫人是因病死的。」梁珩平靜道。

「啊？」段續看著梁珩滿臉的肯定，不解地問：「怎麼說？」

「死者得了一種罕見的病，名叫『纏喉風』。這種病一旦發作，會讓人喘不過氣，將人活活憋死。」梁珩道。

「所以張夫人是得了纏喉風？」

梁珩點點頭。「患病嚴重時，會在喉嚨處形成一層白色薄膜，以及胸前那如蛇纏狀的斑點，這就是纏喉風的病癥。張夫人死前一個月就有喉嚨腫痛的癥狀，因當時那大夫診錯了病情，導致藥不對症。一個月的時間，纏喉風已經很嚴重了，更別提張家夫妻三天兩頭地吵架，更會加重病情。張夫人嘴中的傷痕是自己抓的，因為纏喉風發作時，就像喉嚨中堵了什麼東西一樣，喘不過氣，所以張夫人應該是在喘不過氣的時候，把手伸進嘴裡，想將喉嚨裡的東西抓出來，這才在嘴中留下了傷痕。」

段續有些難以置信。「那丫鬟說半夜聽到吵架聲該怎麼解釋？」

梁珩沈吟了會兒，道：「那我們要再審一審那丫鬟了。」

很快地，丫鬟黃玉被帶到了御史臺。

一開始，黃玉只是不斷重複之前的供詞。

「妳上次說是在四更左右聽到了吵架聲，這次為什麼沒有說時辰？」梁珩問道。

黃玉明顯愣了愣。「啟稟大人，民女忘了說了。」

「嗯，那就是四更左右聽到了吵架聲，是嗎？」梁珩問道。

黃玉猶豫了片刻，點點頭。

梁珩追問道：「確定嗎？」

黃玉這次很肯定地點點頭。

梁珩沒有再讓黃玉繼續說下去，卻說起了關於張夫人患病的事。

「不可能的……」黃玉難以置信地喃喃道。

梁珩看著黃玉瞬間噴湧而出的眼淚，道：「死者患了纏喉風，病情已經嚴重到會致死的地步。」

黃玉終於忍不住，痛哭起來。

她還記得當時那個大夫來的時候，因為她在旁邊多了一句嘴，也許就是因為這一句，導致那大夫只當夫人是吵架傷了嗓子，而判斷錯了病情。

「妳並沒有聽到吵架聲，對嗎？」梁珩突然問道。

黃玉只是哭，沒有說話。

「在上次的錄述中並沒有提到四更，且妳睡得迷迷糊糊，醒來時不可能知道是幾更天。」梁珩坐在公案後，看著堂下痛哭流涕的黃玉，本想敲一敲驚堂木，可拿在手中，卻還是沒有拍下。「妳為什麼要做偽供？」

黃玉停止哭泣，說出真相。

她確實沒有聽到吵架聲，可夫人死狀十分可怖，且老爺夫妻倆又三天兩頭地吵架。張夫人死前白天，兩人才大吵一架，吵完後，張知書就出去喝酒了。

她覺得夫人肯定是他殺，而最有嫌疑的，首當其衝就是張知書。

黃玉是陪伴張夫人長大的，還一起陪嫁過來，為了照顧夫人，黃玉願意終身不嫁，兩人的主僕之情可見一斑，所以在張夫人死後，黃玉便想為夫人報仇，這才做了偽證。

可她沒想到，夫人的死跟老爺關係不大，跟她卻有極大的關係。這一下就將黃玉壓垮了，她本以為能為夫人報仇的。

案情查到這裡，差不多可以結案了。而那個小廝也被帶了回來，他那晚確實不在張知書身邊，趁著張知書醉酒睡著，幽會相好去了，一睡就睡過了頭，等起來時，天都已經大亮了。

梁珩能趕在期限之前查完，還查出了和京兆尹完全不一樣的結果。

對此，賀忠似乎並不吃驚，不鹹不淡地說了幾句，打發梁珩走了。

接下來的事，便不歸梁珩管了。

年關快到了，就算是清閒的察院也開始忙碌起來，一年的事務，要趕在年關前收尾。

京兆尹吳奉卻沒有好年過了，因為草率判決命案，年都沒能在京城過，被貶官放出京去了。

第二十八章

臘月二十五，朝野上下休沐十五天。

這天梁珩依舊五更天不到就醒來了，這麼久以來，他已經習慣這樣的作息。

冬夜裡寒風凜冽，梁珩輕輕給沈蓁蓁掖了掖被子，又將她攬在懷裡，閉上了眼，很快再度睡去。

早上，沈蓁蓁睜開眼，感覺自己在一個溫暖的懷抱裡，這個懷抱很熟悉，沈蓁蓁立即回過神來，梁珩還睡在她身邊。

微光透過窗紙，照得房內一片朦朧。

沈蓁蓁微微動了動，藉著微弱的光，看向身邊的人。

梁珩雙眼緊閉，睫毛在眼下映出淡淡的陰影，朦朧的光照在他臉上，襯得他面容一如多年前那個溫潤的書生。

梁珩睡熟的模樣，安安靜靜的，很惹人愛。

梁珩差不多快醒了，感覺有一雙手在自己身上四處摸索著。

沈蓁蓁看梁珩還是沒有醒過來，便玩心大起，從肚子摸到腰。見梁珩的眼皮動了兩下，就知道梁珩已經醒過來了。

見梁珩不睜眼，沈蓁蓁手往下滑了滑。

沈蓁蓁的手剛碰到那處，梁珩立刻翻身將她壓在身下。

「蓁兒……」

沈蓁蓁看著梁珩面上的壓抑，笑道：「做什麼？天已經大亮，該起床了。」

梁珩將臉埋在沈蓁蓁的脖頸，輕輕吻了吻。

沈蓁蓁感覺這個吻像是吻在自己心上，讓她的心都酥軟起來。

她伸手抱住梁珩的背，梁珩抬頭含住了她的唇。

兩人鬧了一通，起床時已經日上三竿了。

丫鬟們見主子沒有起身，也不敢打擾，直到聽見裡面有動靜，碧兒連忙端著水在房門外等著。

不一會兒，房門打開，梁珩衣著整齊地出來了。

碧兒連忙見禮，梁珩伸手接過她手中的水，又進房去了。

等兩人收拾好，已經到了飯點，夫妻倆便去趙氏的院子用飯。

趙氏進京後，在京城沒有別的親戚，平時都是沈蓁蓁陪她出去逛逛。

自從沈家父母進京，趙氏極為高興，平日沒事喜歡去沈家和許氏聊天。

「快過年了，暢兒該接回來了。」吃飯時，趙氏道。

沈蓁蓁見梁珩不接話，知道梁珩有些為難。因為她爹太愛外孫，進京快一個月，和暢大半時間都是在沈家過的。

「娘，我們吃了飯就去。」沈蓁蓁道。

趙氏點點頭，又對梁珩說道：「如今暢兒也大了，只有暢兒一個不行，以後受了欺負都沒有兄弟幫他，還是要再生一個，就算不生男娃，女娃也要生一個，不然以後蓁兒老了，媳婦怎麼會如女兒貼心？」

說完，趙氏意識到自己的話，沈蓁蓁聽起來可能不大舒服，又加了一句。「萬一暢兒他媳婦沒有蓁兒這麼貼心呢？」

沈蓁蓁不好接話，她是想再生一個的，只是梁珩一直不同意。

梁珩一直記得沈蓁蓁懷孕那時受了什麼苦，他真的覺得有暢兒就夠了，但今天他娘有句話戳中了他的心，沈蓁蓁可能會想要一個貼心的女兒。

梁珩轉頭看向沈蓁蓁。「蓁兒，妳想要女兒嗎？」

沈蓁蓁毫不猶豫地點點頭。

梁珩遲疑半刻，終於道：「那好吧！我們就再生一個。」

關於再生一個孩子，趙氏不知道說過多少次了，只是梁珩每次都認真地說不生了，所以這次趙氏也沒抱多大的希望，沒想到兒子突然同意了，婆媳兩人頓時驚喜萬分。

沈蓁蓁將碗裡不小心挾到的肥肉放到梁珩碗裡，笑道：「夫君多吃點，養養身子。」

梁珩面不改色地將肉吃下去，沒有接話。

兩人又陪趙氏聊了聊，才出了正院。

路上，梁珩牽著沈蓁蓁回去兩人的院子。

「蓁兒。」

「嗯？」

梁珩突然湊到她耳邊，輕聲說道：「是不是為夫早上還不夠努力，所以蓁兒覺得為夫身體不夠好？那我們回去再補補吧！我這次一定好好努力，讓蓁兒知道，為夫身體沒問題。」

沈蓁蓁愣了一下，這才反應過來梁珩是在說她飯間說的那句話呢！

沈蓁蓁哭笑不得，捶了捶梁珩的胸，將他推開。「胡說什麼呢！」話語像是生氣，臉上卻是掩不住的嬌羞。

梁珩看著妻子匆匆走到前面，加快腳步追上，拉住沈蓁蓁的手。「蓁兒還沒回答我呢！」

兩人已經走進院子，沈蓁蓁只是悶頭往前走，並不回答，沒防備梁珩往後一拉，整個人順著力道往後倒去。她驚呼一聲，倒在一個溫暖的懷裡。

「夫君，你做什麼啊？」沈蓁蓁有些哭笑不得。

梁珩緊緊抱著懷裡的人，看著沈蓁蓁水潤的眼睛，笑了一下。「沒什麼，就是——」

梁珩低頭含住沈蓁蓁的唇，纏綿間，含糊地說出未完的話。

「想吻妳。」

枝頭掛滿鬆軟的白雪，偶爾聽到雪落下的聲音。天地一片白，只在中心刻下了一點，那是兩顆相擁在一起熾熱的心。

歲月，何其靜好。

年關很快就到了。

因為沈家全家都進京了，所以兩家商量好今年梁珩一家去沈家過年。

年三十這天，一大清早，沈家那邊就來了馬車，接梁珩他們過去。

「暢兒，聽話，把這小披風披上，不然一會兒到了外祖家，外祖看你穿得這麼少該心疼了。」

沈蓁蓁拿著一件淡青色的毛披風，將和暢裹得嚴嚴實實的。

梁珩走進房，就見娘兒倆在說笑。

沈蓁蓁見梁珩進來，笑道：「夫君，現在暢兒可厲害，又學會了一首詩。」

梁珩走過來，一把將和暢抱起來。和暢頭上戴著一頂白色毛帽，整個人圓滾滾的。

「暢兒又學會了哪首詩？背給爹聽聽。」

和暢張口就唸。

「千山鳥飛絕，萬徑人蹤滅……」

和暢流暢地背完，眼睛亮晶晶地看著梁珩。

「是懷瑾哥哥教你的嗎？」梁珩問道。

和暢點點頭。「懷瑾哥哥可厲害了，他會背好多好多詩。」和暢滿臉崇拜地說道。

懷瑾是沈宴的兒子，已經十二歲了。懷瑾沒有遺傳到沈宴在商場上的圓滑，氣質反而有些像梁珩，安靜溫潤，十分愛看書，和暢最喜歡他。

街道上滿是鞭炮的殘屑，一些孩子在路邊玩雪。

和暢靠在車窗旁，看著外面那一群玩著雪的孩子，目光豔羨。
梁珩和沈蓁蓁對視了一眼，兒子一個人似乎真的有點孤單。
一家人很快到了沈家，沈家大門兩旁貼著對聯，門上掛著兩盞大紅燈籠。
梁珩先扶趙氏下車，又將兒子抱下車，這才轉身來牽沈蓁蓁。
梁珩拉著和暢，沈蓁蓁扶著趙氏，一同進了沈家大門。
沈家上下張燈結綵，雖然不在家鄉涼州，卻依然有著濃濃的年味。房廊上掛著一排排的燈籠，每一根柱子上，都貼上了新對聯。
四人剛走進正院，許氏已經迎了出來。
「親家母！」
許氏笑盈盈地迎上前，拉住趙氏的手。
梁珩連忙見禮，和暢則一溜煙地往裡面跑去。
兩人如今除去親家的身分，更像是老姊妹一般，感情極好。
許氏拉著趙氏往裡面走，梁珩夫妻倆則跟在後面，進了正房。
和暢進屋找了一圈，沒找到人，正好許氏拉著趙氏進來了，和暢連忙問道：「外祖母，哥哥他們呢？」
許氏伸手拉住和暢的手，見是暖和的，這才放下心。
「哥哥他們和你外祖父、舅舅去廟裡了。」
和暢歪著小腦袋，有些沒聽明白。

許氏對趙氏解釋道：「我們那邊有這個習俗，過年要去廟裡祭祀。」

趙氏點點頭。

和暢沒有看到兩個哥哥，明顯有些失落。

沈蓁蓁拉住兒子，安慰道：「一會兒哥哥他們就回來了。」

果然沒過多久，去祭祀的人就回來了。

和暢一見兩個表哥回來，忙從沈蓁蓁懷裡掙脫下來，歡呼著往懷瑾和懷瑜跑去。

懷瑾見最喜歡的表弟朝自己跑來，臉上也浮現喜色。

沈宴坐在梁珩旁邊，沈蓁蓁便過去和兩個嫂子坐在一起。

梁珩一直很忙，回京後就再沒見過沈宴了，這會兒便問起江寧的情況來。

如今沈家已經不做糧食生意，江寧的淮繡成了沈家最大的生意，所以沈宴還是經常往江寧跑。

沈宴低聲道：「因為淮繡的緣故，大量商人湧進江寧，相較你之前在的時候，江寧已經從中等縣往上等縣發展了。我聽說汴城那個州牧也是京裡大戶人家的子弟，但是十分清正嚴明，治下的縣，縣官都不敢亂來，所以江寧現在較你離家時，更好了些。」

梁珩點點頭。淮繡可謂一朝成名天下知，京城這裡都供不應求，就連宮裡的娘娘幾乎都指定要用淮繡。

「那錢縣令沒為難你吧？」梁珩問道，畢竟淮繡的利潤實在太大，沈家不過做了半年，已經掙得盆滿缽滿了。

沈宴道：「有妹婿在京裡，他哪敢動我們沈家的生意？」沈宴頓了頓。「不過我還是給了他兩分利。」

梁珩點點頭。生意場上就是這樣，和官府絕不交惡，雖說他在京城，對方不敢明著給沈家使絆子，但暗地裡誰又能說得清呢？

一家人聚在一起，最高興的莫過於沈家雙親了，越到晚年，越難與子孫團圓，一家人圍坐在一張大圓桌上，熱熱鬧鬧地吃年夜飯。

外面不停地響起煙花、爆竹聲，幾個小輩都蠢蠢欲動，就連最文靜的懷瑾都有些坐立難安了。

沈宴見狀，手一揮，發了話。「都去玩吧！」

懷瑜最興奮，拉著和暢跟大哥就往外跑。和暢短胳膊、短腿，穿得圓滾滾，跟在兩個哥哥後面，賣力地跑著，想要跟上兩人的腳步。

懷瑾見狀，拉著和暢跟在懷瑜後面，小廝們早就準備好了小炮竹，三兄弟在院子裡放得歡快。

直到深夜，梁珩一家才坐著馬車回家。

和暢跟兩個哥哥玩太久的煙花，有些累，趴在梁珩懷裡睡著了，衣兜裡還塞著外祖、舅舅以及懷瑾哥哥給的壓歲錢。

到了家，趙氏被丫鬟扶著回正院，梁珩一手抱著兒子，一手牽著妻子，一家三口回了院子。

門。

和暢就睡在東廂，丫鬟碧兒睡在外間暖閣，正在燈下做針線，聽到敲門聲，連忙起身開門。

梁珩將兒子放在床上，沈蓁蓁過來給兒子脫下外衣，和暢睡得很熟，這麼大的動靜都沒醒。

沈蓁蓁給碧兒封了個壓歲錢，雖說趙氏早上出門前就讓管家發下去了，但是自己院子的，平日伺候辛苦，逢年過節多少要打賞一些。

夫妻倆回了房，丫鬟很快打了水來，兩人洗漱完，上床躺下。

沈蓁蓁躺在梁珩的臂彎裡，梁珩的體溫很快就暖和了被子。

「爹的身體好像不大好了。」沈蓁蓁輕聲道。

梁珩輕輕拍了拍沈蓁蓁的手。自從上次沈忞在牢中被關了一個月後，身體就不如從前了，今晚在席上喝了一杯溫酒，咳了半晌，人也憔悴了不少。

「爹年紀大了，以後妳多去他們那裡陪陪他。」

沈蓁蓁輕應了一聲。

梁珩感覺到沈蓁蓁的惆悵，將她抱至胸前，安慰道：「沒事的，爹他們會長命百歲的。」

他的心跳格外清晰，微微安定了她的心，沈蓁蓁輕輕嘆了口氣，伸手抱住梁珩的腰，不再多想。

次日大清早，梁珩和沈蓁蓁剛起身，就聽下人來報說黃梵一家來拜年了，已經到了趙氏的正院。

沈蓁蓁趕忙收拾了下，和梁珩過去。

到了正房外，果然聽見裡面傳來趙氏和如意說話的聲音。

兩人一進去，就見趙氏、如意和菱兒坐在榻上，黃梵坐在一旁的椅子上。

見沈蓁蓁兩人進來，他們連忙站起身。

「沈姊姊、珩哥。」

黃梵穿著一身青色棉袍，笑著迎過來。

沈蓁蓁看黃梵滿臉抑不住的喜色，又見菱兒扶著如意，似乎很小心的模樣，猜了一下，也沒有說破；畢竟梁珩還在，雖然都像是親人一樣，但梁珩是男子，還是需要避諱。

沈蓁蓁幾步走至榻邊，拉住如意。

如意穿著一身玫紅色的衣裳，渾身都是新婦的氣質；菱兒則穿著一身粉色棉袍，烏黑光亮的頭髮梳得整齊，綰著一個小髻，頭上還戴著一顆毛茸茸的毛球，很是俏皮可愛。

「快坐、快坐。」

沈蓁蓁拉著如意坐下，看著趙氏臉上的喜色，像是當初得知自己要做祖母的樣子，便知道肯定和自己猜想得一樣。

眾人聊了一會兒，梁珩便帶著黃梵去書房說話，留下女眷。

「有喜了嗎？」沈蓁蓁笑問如意。

如意驚訝了下，掩不住喜色地點點頭。「剛診出來，說是一個多月了。」

沈蓁蓁自然是極高興的，沒想到如意他們動作這麼快。
聊著聊著，沈蓁蓁提了句菱兒的親事。
如意笑道：「夫君捨不得菱兒呢！應該會多留菱兒兩年。」
沈蓁蓁點點頭，畢竟黃梵兄妹是相依為命長大的。
菱兒聽見提到自己的親事，羞得忙低下頭不說話。
「那梵弟有沒有適合的人選呢？」沈蓁蓁問道。
「夫君說，嫁到平常百姓家就很好了，像小姐你們這樣的，一輩子和和美美的，多好。」
沈蓁蓁點點頭。
「小姐，您要是有什麼適合的人選，可要幫菱兒留意，我們畢竟是做生意的，接觸到的也是那些重利的商人，菱兒太單純了，不會耍心眼，只怕嫁過去要吃虧。」
沈蓁蓁看了看紅著臉的菱兒，菱兒已經出落得很水靈，像是大姑娘一般。
「我進京後也沒怎麼回門交際，以後要是看到適合的，一定幫菱兒留意。」
四人又說了一會兒話，下人就來傳飯了。
黃梵一家在沈家吃了早飯，這才告辭。
正月很快就過去了一半。
和暢去外祖家沒有回來，梁珩兩口子收拾好，晚上出門去看燈。

長安的年節極為熱鬧，大街小巷都掛滿了大紅燈籠，每年更會在京河兩畔舉辦燈會。

兩人出門時，天色已經完全暗下來，步行一刻鐘左右，到了河畔。

遠遠地，就見京河兩畔燈火通明，人影影綽綽，極為熱鬧。河邊是各式燈籠攤子，一些掛著的燈籠上寫了字謎，顯然是猜中就送燈籠。

除了燈籠攤，還有不少小吃攤，以及賣小玩意兒的攤子，商販們叫賣得熱烈。

梁珩緊緊牽著沈蓁蓁，往裡面走去，見她看著那些燈籠，雙眼都發著光，笑道：「我去給妳贏一個回來。」

沈蓁蓁抬眼望向梁珩，見梁珩滿臉躍躍欲試，滿懷期待地點點頭。

梁珩拉著沈蓁蓁走向最近的燈籠攤，攤主正熱情地叫賣著，見這麼一對玉人上前，連忙招呼道：「兩位請隨便看。」

梁珩看了一眼攤上懸掛的燈籠，色彩各異，形狀不同。

「蓁兒，妳想要哪個？」梁珩笑問。

沈蓁蓁打量了一眼，相中一盞粉白色的蓮花宮燈，甚是好看。

攤主見沈蓁蓁指了指那盞蓮花宮燈，笑道：「兩位客官，架子上掛的這些燈不賣，上面有三道字謎，客官要是猜中了，這燈就送給客官。」

梁珩朝攤主拱拱手，看向宮燈上的三道題。

攤主見梁珩一身書生氣，也滿懷期待地看著他。大過年的，就圖個熱鬧，能掙多少錢倒是沒那麼重要了。

第一道題：晝時圓，寫時方，冬時短，夏時長。

梁珩一看完題目，就想到了答案。

「這第一道題，謎底是日字。」

攤主笑著點點頭。「請客官解下一道。」

「二形一體，四支八頭。四八一八，飛泉仰流……這是個井字。」

攤主點點頭。這個滿身書生氣的男子，果然才思敏捷。

「第三道，三山自三山，山山甘倒懸。一月復一月，月月相連環，左右排雙羽，縱橫列二川。闔家都六口，兩口不團圓……」梁珩唸完，眉頭微微皺了皺。

沈蓁蓁以為梁珩一下想不到謎底，沒有出聲，只是緊緊拉著梁珩的手。

梁珩轉頭看了看沈蓁蓁，見她鼓勵地看著他，輕輕笑了笑，說道：「這個謎底我知道，我只是覺得最後一句不大吉利。」

攤主等著梁珩說謎底，聞言一拍額頭，賠罪道：「哎呀，真是對不住，我一時沒注意到這個，就寫上去了。這樣吧！這一題就不猜了，這宮燈兩位提走吧！」

梁珩笑道：「怎好壞了攤主的規矩？這樣吧！您再另出一題吧！」

攤主聽梁珩這麼說，也笑道：「如此，那就恭敬不如從命了。」

或許是心懷歉意，攤主臨場出的字謎並不難，梁珩聽完就說出了答案。

攤主將宮燈拿下來，遞給梁珩，看著明顯幸福的小倆口，攤主也不吝祝福之言。

梁珩謝過，牽著沈蓁蓁繼續往前走。

沈蓁蓁看著手裡的蓮花宮燈，歡喜得緊，忽又想起那個字謎來，想了半晌沒想到答案，知道梁珩是介意最後一句「兩口不團圓」，也就不問他。

梁珩見沈蓁蓁兀自沈思，便問：「怎麼了，在想剛剛的字謎？」

沈蓁蓁點點頭。

梁珩問道：「猜出來了嗎？」

沈蓁蓁搖搖頭。「梁郎不是說了不吉利嗎？那我們就不說這個了吧！」

梁珩見前面有幾個半大孩子朝這邊跑來，連忙伸手攬住沈蓁蓁的腰，和她換了位置，讓她走在裡面。

「其實沒關係的，我們會白頭偕老，最後那句不是說我們。」梁珩說著，緊緊握住沈蓁蓁的手，在這個冬夜裡，溫暖著她。

「那你說說謎底。」沈蓁蓁笑道。

梁珩湊近了一些。「蓁兒妳親我一下，我就告訴妳。」

「這麼多人，說什麼呢！」沈蓁蓁慌忙看了看四周，怕有人聽到。

梁珩見沈蓁蓁面色微紅，只好退而求其次。「那回家再親。」

沈蓁蓁紅著臉，慌忙點點頭。

梁珩湊到沈蓁蓁耳邊，輕輕說出謎底。「用。」接著極快地在她臉上親了一下。

沈蓁蓁只聽到這個字，感覺梁珩蜻蜓點水般在自己臉頰上落下一吻，羞得將臉埋在梁珩手臂上，嬌嗔道：「你做什麼呀……」

梁珩輕笑了聲，攬住沈蓁蓁的腰。「餓不餓？」

沈蓁蓁搖搖頭，忽又看到河邊有人在放河燈，欣喜地拉著梁珩買了一盞河燈，兩人並肩到了河邊。

河面上早已漂浮著各色河燈，幾將河面鋪滿，一盞盞蓮花狀的河燈，攜著許願人的美好願望，緩慢隨水流往城東。

梁珩將河燈點燃，遞給沈蓁蓁。

沈蓁蓁接過河燈，捧在手心，許了願，和梁珩一起將河燈放入水中，看著它慢慢漂走，和其他人的河燈，漸漸遠離了視線。

夫妻倆正要走，沈蓁蓁卻發現對岸的一個人似乎有些眼熟。

梁珩見沈蓁蓁駐足，看著對岸，便問：「怎麼了？」

「你看那個人像不像劉公子？」沈蓁蓁往一處指了指。

梁珩順著看過去，果然在對岸看到了劉致靖。

劉致靖身旁站著一位身材高挑的姑娘，他一手端著河燈，一手牽著姑娘，顯然也是來放河燈的。

梁珩有些驚訝，但也極高興，劉致靖不小了，該成家了。

「夫君，那姑娘你認識嗎？」沈蓁蓁問道。

梁珩搖搖頭。「第一次見到。」

沈蓁蓁看著那女子，感覺有些眼熟，好像在哪兒見過，卻一時想不起來。

「看樣子，我們最近要吃兩回喜酒了。」沈蓁蓁笑道。易旭正月十八成親，只剩三天了。

夫妻倆沒有多看，離開了河岸，只是沒想到逛了一圈，正打算找個地方坐坐時，正面碰上劉致靖兩人。

劉致靖和那女子牽著手，這模樣也無須解釋了。劉致靖看到梁珩兩人，還有些心虛，不打招呼是不可能的，只好硬著頭皮上前。

梁珩自然不會問劉致靖身邊女子的身分，沈蓁蓁也只是和女子微笑點頭，以示友好。

劉致靖見兩人如此，感覺到身邊女子似乎有些僵，連忙拉著那女子朝梁珩兩人道：「梁兄、弟妹，這個……這個是我的未婚妻，章伊人。」

劉致靖半生都是浪蕩子，這點旁人一點都沒冤枉他。他從沒對哪位姑娘有過什麼真感情，甚至對親人，他也牽掛不大，所以一去赤縣就是三年，半點不思鄉。

他從來沒想過，哪個姑娘能讓他浪子回頭。

當年，章伊人獨身從京城千里迢迢去找他，讓他娶她。天之驕女如她，竟會看上紈袴的他，老實說，他並非無半點感動，只是彼時的他，不願意有半絲牽掛，所以他避之唯恐不及地送章伊人回了京。

本以為章伊人已經嫁做人婦，可沒想到她竟然出了家。她為愛如此剛烈，突然讓他明白，自己在愛人這件事上，是何等地懦弱和自私。

好在，他終究沒有錯過她。

易旭成親這天，梁珩告假一天。

雖說易旭已經在劉家認祖歸宗，但畢竟是外孫，所以易旭的外祖送了一棟宅子給他當作新房，以前易旭都是住在劉家的。

梁珩如以往上朝一般，五更天不到就起身了，因為他也是迎親隊伍的一員，而迎親隊伍卯時就要出發，梁珩要早些過去。

沈蓁蓁也起身幫梁珩整理衣裳。

「蓁兒，易兄沒有邀請泉城那邊的親人，都是他外祖家主持，妳去也沒個熟人，我應該會很忙，不能親自照顧妳，妳帶個丫鬟一起去吧！」

沈蓁蓁點點頭。「放心，我會帶著碧兒過去。」

梁珩點點頭，見沈蓁蓁踮著腳給他整理衣冠，忙屈下膝。

沈蓁蓁替梁珩整理好衣裳，伸手輕輕摟住他的肩。「去吧！小心些。」

梁珩點點頭，出門了。

這次的迎親隊伍裡，聚齊了甲寅年的三鼎甲——狀元、探花，還有榜眼易旭本人，一個不少，甚至還有不少甲寅科同年進士，他們都進了翰林院，成了易旭的同僚，也告了假，幫忙迎親。

聚集這麼多進士的迎親隊伍，可說是當世罕見，一時傳為佳話，所以這新娘家的門，也就不那麼好進了。

只是有這麼多進士在，無論題目多麼刁鑽，最後還是被輕鬆破解。

沈蓁蓁帶著碧兒，坐著馬車，不到一刻鐘就到了。

到了易旭家，門庭不算大，但是極為氣派。朱紅大門上掛了幾條紅綢帶，中間是一朵紅綢紮成的大紅花，極為喜慶。

門口的小廝見沈蓁蓁下了馬車，連忙上前。一個小廝接過碧兒手裡的請帖，另一個小廝接過禮品，還有一個熱情地帶著主僕兩人往裡面走。

宅子不大，但是極為精緻，各處都掛上紅燈籠和紅綢帶。綢帶是真正的絲綢，可見易旭外祖對易旭的親事有多麼重視，連這些細節也安排得極好。

進了正院後，小廝不能再進去，這時便有一名丫鬟上前，帶著沈蓁蓁兩人繼續往後院走。

穿過一個院子便到了接待女眷之處，丫鬟將沈蓁蓁安置妥當後，便告退了。

此時大廳裡坐著不少夫人，很多皆是穿金戴銀，極為富貴，但也不乏像沈蓁蓁這樣裝扮比較素雅的。

沈蓁蓁穿著一身淡藍色長裙，頭上不過插著金、銀各一支簪子，左手戴著一只清玉鐲子。畢竟是易旭成親，不能穿得太素淨。

沈蓁蓁安靜地進來，旁人看了她一眼，見不認識，又見她穿著普通，想必不是什麼大官家的家眷，大多都沒理會，少數坐在旁邊的，朝她微微笑了笑。

沈蓁蓁也回了禮，獨自坐在一旁喝茶。

坐了一會兒，不知誰進來了，大廳裡安靜了一下，頓時喧譁起來。

沈蓁蓁抬起頭，發現進來的正是前兩天在河邊見過的姑娘，劉致靖的未婚妻，章伊人。

章伊人一進大廳，就看到坐在一旁的沈蓁蓁，她自然認得她，便微笑著朝沈蓁蓁走去。

沿途有婦人和她打招呼，章伊人也都一一微笑著回禮。

當年，章伊人義無反顧地推掉親事，跑去出家，轟動了整個京城。

要知道，中書令章周頤可就這麼一個嫡女，從小就是眾星拱月的掌上明珠，誰知說出家就出家了。

可誰也沒想到，三年後，章伊人竟然又還俗了！這還不算最讓人驚訝的，畢竟一個天之驕女，從此遁入空門，實在可惜，所以還俗倒是大家一致認同的。

可章伊人已經二十多歲了，青春不再，她們還曾為章伊人可惜，明明條件好得無可比擬，王孫貴族任由她挑選，可她偏偏在人生最美麗的那幾年選擇出家，現在就算還俗，和她年紀相仿的都已經成了親，還能有什麼好姻緣？只能嫁給人做繼室。

可就在她們替章伊人惋惜時，竟然傳出章伊人跟劉家那個浪子在一起了！

就算劉致靖中了狀元，之後選擇外放，做了三年官，如今進入戶部，依然不能打破世人對他的刻板印象。

在她們眼中，他依然是那個浪子。

這一下，私下議論什麼的都有了；但是不管心裡怎麼想，中書令家的姑娘，該巴結還是要巴結。

章伊人不知道這些人是怎麼想的，很快就走到沈蓁蓁面前。

沈蓁蓁見她目的明確，也知道她是過來打招呼的，連忙站起身，笑著問好。「章姑娘。」

章伊人面上帶笑，笑及眼底。

「沒想到姊姊來得這麼早，早知道我就早點出門了。」

沈蓁蓁略有些驚訝，她能明顯感覺到章伊人話裡的親熱。

這當然是沈蓁蓁喜聞樂見的，若沒意外，章伊人以後就是劉致靖的妻子，憑梁珩和劉致靖的關係，她和章伊人關係近些，當然最好不過。

思及此，沈蓁蓁也改了稱呼。

「妹妹來得正好，我也剛到不久。」

章伊人親熱地拉著她的手，在一旁坐下，輕聲笑道：「致靖前兩日就交代我，今天要早點過來，他說姊姊妳在京中熟人不多，來了怕妳會孤單，只是我出門時耽誤了，就來得遲了些。」

原來是劉致靖交代的，可章伊人坦誠地將這件事說出來，只怕也是相信她不會亂想。

沈蓁蓁自然不會，她能分辨出章伊人眼底的真誠。

「今天去迎親的，大多是易公子的同年進士，只怕他們會被攔在門外，好生為難一番了。」章伊人笑道。

沈蓁蓁道：「只怕他們難不倒，都是進士呢！若是被難倒了，只怕……」她本想說只怕世人要懷疑那一科考官的水準了，但話到嘴邊覺得不恰當，就咽了回去。

章伊人是多聰明的人，立刻就明白沈蓁蓁的意思，笑了笑，又道：「致靖還有個妹妹，也是個很好的姑娘，一會兒她過來，我介紹妳們認識。」

沈蓁蓁聽章伊人順道誇了她，心裡感慨，這章姑娘真是個妙人。

兩人聊沒多久，就見一個嬌俏的姑娘，帶著小丫鬟進來了。

章伊人見她進來，轉頭對沈蓁蓁笑道：「妳看門口的姑娘，就是致靖的妹妹。」說著站起身來。

那姑娘看到她，朝章伊人甜甜一笑。

沈蓁蓁也站起身，這穿著一身冰藍色長裙的姑娘，看著不過十六、七歲，一張鵝蛋臉，面相極為和善。

「章姊姊。」姑娘笑著叫了聲。

章伊人也笑著回禮，輕輕拉了拉沈蓁蓁的手，笑道：「倩歆，這位是妳哥哥好友的妻子，妳叫她沈姊姊便是。」

劉倩歆看向沈蓁蓁，朝她友好一笑。「沈姊姊好。」

沈蓁蓁連忙回禮。「妹妹客氣了。」

三人就坐，又說了一會兒話。

劉倩歆果然是個很好的姑娘，說話輕聲細語，極為溫柔，且愛笑，相當討人喜歡。

「我娘她們去了前堂，想必這會兒表嫂也要到了，我們這就過去吧！」

新人拜堂，她們自是要去觀禮。

沈蓁蓁客隨主便，和兩人一同站起身，往廳外走去。

三人剛走出大廳，迎面便碰上了一個丫鬟。

丫鬟連忙行禮。「三小姐。」

劉倩歆問道：「妳是來請客人過去觀禮的嗎？」

丫鬟稱是。

劉倩歆讓丫鬟進去了，對兩人說道：「兩位姊姊，我們可得快點，去晚了站在後面，就看不到新人拜堂了。」

易旭是劉倩歆的表哥，看樣子關係挺好的，這會兒有些急也是常情。

三人很快到了前廳，偌大的廳內果然已經站了不少人。

劉倩歆想著兩位姊姊皆是客人，便一直站在兩人身邊，沒過去家人那裡。

沒多久，就聽到外面傳來一陣鞭炮聲響，新娘子來了。

不過半刻鐘，新人便在眾人的簇擁下，走到廳外。

易旭穿著一身嶄新的大紅喜服，他膚色白淨，穿著這身喜服，煞是好看。

一時，廳內未婚的姑娘們，看著這麼個玉面郎君，心裡大多又悔又怨。這麼好看的男子，怎麼當初長輩不去替自己問問親？

沈蓁蓁微笑看著易旭牽著同樣一身喜服的新娘，在廳中跪下。高堂上坐著易旭的兩個外祖，緊挨著下面站著的全是易旭外祖家這邊的親戚，至於泉城那邊，可能連易旭成親的事都不知道。

梁珩跟著迎親的人群走進來，只是前面都站滿了人，他和劉致靖只能站在後面觀禮；還好兩人身量都高，倒是能看清裡面的情形。

梁珩四下張望，就看到和章伊人站在一起的沈蓁蓁。

雖然路上劉致靖和他說過，章伊人會陪著沈蓁蓁，但是等到真正看到了，梁珩才放下心來。沈蓁蓁進京後，幾乎沒有什麼交好的女眷，以後和章伊人交好，也不至於太孤單。

禮畢，周圍人都喝采起來，新人被送回新房，眾人也回到席間，準備開席。

男女不同席，梁珩只是在出廳時，和劉致靖一起過來，跟沈蓁蓁說了幾句話。

章伊人和劉致靖的關係還沒有正式定下，兩人並沒有說話，只是笑著相視了幾眼，一切盡在不言中。

按劉致靖以前的性子，他才不會管別人怎麼看，可現在不一樣了，他明白自己愛慕章伊人，也懂得要尊重她。

沈蓁蓁、章伊人和劉倩歆三人入座，席上都是些年輕姑娘，顯然與章伊人和劉倩歆都認識，互相見了禮。

很快地便開了席。

菜品極多，一張桌子都快放不下，看著也十分精緻，一看就知是極為用心置辦的。

女眷這邊，吃飯講究食不言，因此無人說話，都安安靜靜地吃著飯。

而男客這邊，身為新郎的易旭，一桌一桌地敬酒。

敬完了十來桌客人，易旭這才在劉致靖他們這桌坐下。

梁珩和劉致靖不約而同地端起酒，笑道：「易兄，恭喜新婚！」

易旭笑了笑，也端起酒杯，一飲而盡。

喝了一杯後，兩人不再舉杯，讓易旭吃點東西墊墊胃。

這桌還坐了其他幾個同年，幾人皆知劉致靖和易旭的關係，不大敢灌易旭酒，勸了幾杯後，便都各自喝了起來。

易旭吃了幾口菜後，便給梁珩兩人倒酒，自己也倒了一杯。

梁珩兩人見狀，只好端起酒，和易旭碰杯喝了。

先前易旭敬酒時就喝了不少，這會兒梁珩兩人見易旭還不停地給兩人倒酒，都不由得擔心，萬一易旭喝醉了怎麼辦？

梁珩的酒量依然不算好，喝了幾杯後就有些頭暈，易旭也不再勸他，只是拉著劉致靖不停地喝。

其他人不由面面相覷，他們還想著不要灌新郎酒，沒承想新郎自己喝得停不下來。

劉致靖知道易旭的心結，見他不停舉杯，明白平時沈穩有度、克己復禮的易旭，也許生平只有這一次機會放縱，便不拒絕，陪著易旭頻頻舉杯。

兩人像在拚酒一般，不及夜幕，就喝得半醉了。

梁珩在一旁乾著急，他也看出來了，易旭心情似乎不是很好，不好相勸。

直到易旭喝完最後一杯，趴倒在桌上，梁珩和劉致靖無奈地對視一眼。

「其實，表兄他不想成親的。」劉致靖猶豫片刻，還是說了。

「表兄家那邊的情況，梁兄你應該有所瞭解。他很小的時候，我姑姑就走了，他爹三妻四妾，兒女眾多，讓他認祖歸宗，也不是真的不想讓血脈流落在外，而是看我們劉家在京城有些權勢，想透過表兄和我們家攀上關係。可沒想到當年我爺爺還在氣頭上，不僅不肯相認，還叫人將泉城那邊的人打了出去，這下，易家人也死心了。

「表兄在易家的處境尷尬，雖然認祖歸宗，卻還是擺脫不了私生子的名頭，過得不好，也沒人照管他，任他自生自滅……」

梁玿點點頭，示意自己明白。當初他去易家找易旭時，就隱約知道易旭在家中處境似乎並不好。

「直到後來，表兄考上秀才，情況才稍微好了一點。我祖母時常後悔，當年沒有堅持將他接回來，讓他在易家受了這麼多苦，虧欠他太多。祖母安排這親事時，他並不想應承下來，只是祖母年紀大了，他不想再讓她操心，這才勉強應下。」

梁玿轉頭看向趴在桌上、眉頭緊皺的易旭，感覺自己重新認識了他。先認識開朗的他，現在知道了脆弱的他。

夜深了，席上客人已經走了大半，兩人便架起易旭，在小廝的指引下，將易旭扶到了新房外。

裡面等候的人聽到外面的動靜，連忙過來開門。

開門的是個丫鬟，一見外面的情況，立刻愣住。

只見一身大紅喜服的新郎官，醉得不省人事，全靠兩旁的公子架著才不至於倒在地上。裡面的媒人、喜娘見狀，也是一臉呆滯，怎麼新郎醉成了這般模樣？

因為房裡皆是女人，扶不動喝醉的易旭，梁珩兩人只能告罪，將易旭攙扶進去。

兩人不敢多看，忙不迭地出來，站在新房門口，相視一眼，皆是無奈。

因為易旭醉得不省人事，連蓋頭都揭不了，其他未完的禮儀就更別提了。

媒婆和喜娘做這一行不是一天、兩天的事，新郎在宴席上喝成這樣，想來對新娘沒多少在意，不然斷不會醉成這樣。

丁玥馨像是沒聽到旁人的嘆息，逕自將頭上的紅蓋頭拿下，雖說這不合規矩，但是這種情況，誰也不忍心譴責她。

丁玥馨平靜地將其他人請出去，又讓婢女端了一盆清水進來，自己的妝都還沒來得及卸，先擰帕子給易旭擦臉。

婢女半夏看著主子輕柔地給姑爺擦臉，姑爺對小姐的態度，別人都看得明白，偏偏小姐像是毫無感覺一般，讓她心疼得眼淚在眼眶打轉。

丁玥馨給易旭擦完臉，又讓半夏重新打了一盆水來後，就讓半夏出去了。

半夏很想留下來陪小姐，可她也知道，這不合規矩，只好依依不捨地退下。

等眾人離開，丁玥馨看著安靜躺在床上的人，一串熱淚再也忍不住地落下。

她壓抑著哭聲，像是怕吵醒那讓她一見就傾心的人。她終於如願成為了他的妻，她滿心歡喜地嫁過來，卻沒想過自己的新婚之夜會是這樣。

可縱使如此，她心底依然沒有後悔，半分都沒有。

丁玥馨胡亂擦了擦眼淚，替易旭將喜服脫下，給他蓋上被子。

窗外寒風凜冽，房內因燒著地龍而溫暖如春。

易旭不知自己睡了多久，只是感覺似乎有幾滴水落在自己臉上，他微微動了動，睜開眼睛，就見一個陰影忽地閃了過去。

他頓時驚醒，看著滿屋的紅色，愣了愣，反應過來。

這是自己的新房，自己的洞房花燭夜。

易旭看向坐在床沿的人，她穿著一身大紅喜服，背對著自己。

易旭沒有多看，徑直起身，下床穿鞋。

「夫……夫君，你要去哪裡？」身邊傳來驚惶的聲音，像是生怕他就此離開，去別處安寢一般。

易旭匆匆說了句「出恭」。

等易旭回來，這才看清房中的女子。她膚如凝脂，黑髮如瀑，是個難得的美人，只是雙眼有些紅腫。

易旭突然想到自己臉上那幾滴水，不免有些愧疚。他今天確實放縱了些，不該喝得不省人事。

易旭走過去，在床尾處坐了會兒，又不知該說些什麼，只得匆匆說了聲「夜深了，安寢吧」，便起身走去衣櫃邊，打開櫃子拿出兩床被子，在軟榻上鋪好。

丁玥馨本來乍聽他說安寢，還欣喜不已，可他接下來的舉動又將她從天上打回泥潭。他明顯是新婚之夜不想和她睡在一起！

丁玥馨看著易旭將紅燭一根根吹滅，覺得自己滿腔的熱血，也隨著這一根根蠟燭而冷了下來。

她聽著黑暗中，衣裳磨擦的聲音漸漸消失，易旭已經上榻睡下了。

夜越來越深，窗外呼嘯的寒風越吹越烈，房內卻無半點聲響。

丁玥馨聽著房間另一邊均勻的呼吸聲，感覺自己像是站在冰天雪地裡，感覺不到房內的半分暖意。

她不自覺回想起昨夜她娘教她，新婚之夜要如何伺候丈夫的場景。她雖然聽得羞澀，卻一直想著他，可今晚的一切都成了笑話，包括自己待嫁半年來的欣喜。

不知何時，她已淚如雨下，緊緊咬著自己的手背，不讓自己哭出聲，生怕驚動房內睡著的人。

她甚至不知道房內的蠟燭是何時點亮的，直到眼前出現了一方藍色手帕，拿著手帕的那隻手骨節分明，修長白淨。

丁玥馨怔住了。

那隻手耐心地等了一會兒，見丁玥馨沒有反應，這才伸出另一隻手，輕輕拿下咬在她嘴中的手。

丁玥馨發著愣，任易旭將自己的手拿下。

她似乎聽到一聲輕輕的嘆息，接著就看到那隻手，拿著手帕，拭去她手上的血跡。

丁玥馨感覺著那溫柔的動作，胸腔裡已經死寂的心，似乎又重新跳動起來，越跳越烈……

第二十九章

新年伊始，一場又一場的大型祭祀，讓察院的人忙得後腳跟不著地。忙了大半個月，到了二月，才終於得閒下來。

恰逢休沐，正是冬去春來、萬物復甦的時候，滿山青翠，好不喜人。梁珩和沈蓁蓁便籌劃一家四口出門踏青，目的地正是城外的蕪湖。

春天新荷抽芽，湖面有遊船，難得這麼奢侈一次，梁珩一家租了一艘小遊船，坐在開敞的船艙中，烤著從家中帶來的食材，春風拂面，好不愜意。

和暢長這麼大，第一次隨家人出遊，欣喜地在船上跑來跑去，弄得一家人好不緊張，生怕和暢一不小心跌入湖中。

湖面上有不少遊船，只是不少是自家的遊船，看上去十分華麗氣派。

一家人直到下午才上岸。

下船後，趙氏微微有些暈眩，梁珩連忙扶著他娘在湖邊的石凳上坐了一會兒，等趙氏好些了，一家人又乘坐馬車，往城中趕去。

很快地，馬車進了城。

一家人正說著話，感覺到馬車驟然停下，車身劇烈晃動了下，差點讓車裡乘坐的人栽倒。

趕車的小廝愧疚的聲音傳了進來。

「老夫人、老爺、夫人，對不起，前面突然有一個人被人從客棧裡扔了出來，我只好拉停馬車。」

梁珩扶著趙氏坐穩，掀開車窗的簾子，朝前面看去，就看到兩個夥計面色不善地從客棧裡扔了幾包行李出來，砸在一個倒在街道的年輕人身上。

「不礙事。」梁珩道，若是不停下來，馬車從這年輕人身上輾過，後果不堪設想。

那年輕人似乎摔得狠了，好半晌才勉強從地上爬起來，看長相倒像個讀書人。

這麼一想，梁珩便想讓小廝下去問問情況。

沈蓁蓁也湊了過來，往車窗外看去，正好看到那個提著行李、轉身欲走的年輕人。

她覺得很面熟，像在哪裡見過，沈蓁蓁回想了下，突然想了起來。

沈蓁蓁見年輕人欲走，來不及和梁珩解釋，連忙起身彎腰出了車廂。

梁珩見狀，忙跟著出了車廂。

「公子留步。」

那年輕人聽到一道清麗的女聲，抬眼看去，見是一個年輕的女子，正站在一輛馬車的車轅上。

年輕人一下就認出了沈蓁蓁，等梁珩也出了車廂，站在沈蓁蓁身後，年輕人更加確定沈蓁蓁夫妻的身分。

年輕人猶豫了片刻，拱手朝梁珩夫妻行了個禮。

「梁縣令、夫人，學生有禮。」

「杜公子。」沈蓁蓁點點頭，低聲快速地跟梁珩解釋這年輕人的身分。原來這人正是當初在泉城，梁珩被抓，沈蓁蓁大方號召百姓告御狀時，那個出面幫忙寫狀書的秀才，杜如晦。

梁珩當時身為縣令，自然見過泉城的幾個秀才，只是不過一面，所以他一時想不起來。

沈蓁蓁此時見杜如晦，面色蠟黃消瘦，長衫陳舊，又被人從客棧裡扔了出來，想是阮囊羞澀或是其他原因，又看四周圍著不少看熱鬧的人，忙道：「杜公子，這裡不是說話的地方，可否請公子到寒舍喝杯清茶？」

梁珩也跟著邀請杜如晦。

梁珩夫妻名聲在泉城至今口碑不減，杜如晦也明白兩人這是想接濟自己，不然不會多管閒事。

他現在很是落魄，因為付不起拖欠的房錢而被趕了出來。雖然他有身為讀書人的清高孤傲，不願受人恩惠，但因為對象是梁珩夫妻，杜如晦心底竟然生出了一絲慶幸，在窮途末路的時候，竟然能遇上他們。

杜如晦猶豫了片刻，點了點頭。

沈蓁蓁見杜如晦同意了，便進車廂解釋給趙氏聽，畢竟趙氏不認識杜如晦。

杜如晦走近馬車，小廝將他手中的行李拿上車，梁珩伸手欲拉他，就見杜如晦滿臉通紅地道：「梁縣令可否借學生三兩銀子？」

梁珩一怔，反應過來後，連忙點頭；不過他身上沒帶銀子，進了車廂，跟沈蓁蓁拿了三兩銀子，遞給杜如晦。

杜如晦紅著臉道謝，轉身一瘸一拐地進了客棧，出來時臉色依然微紅，卻帶著一絲輕鬆。

梁珩頓時明白，杜如晦是借銀子去付拖欠的房錢，一時對杜如晦的印象更好上幾分。

杜如晦上了梁家的馬車，卻未進車廂，因為車廂中有女眷，只跟著小廝坐在車轅上。

梁珩也沒有進車廂，而是陪杜如晦坐在車轅上。

路上，杜如晦將事情的始末說了一遍。

原來杜如晦去年就進京，在秋闈中了舉人，卻排名末端。杜家家境不是很好，雖說泉城很多百姓因為淮繡的原因而富裕起來，但杜如晦只有老娘，沒有姊妹，老娘已是老眼昏花，繡不了花，自然沾不到淮繡的光，家境還是貧寒。

所以這次杜如晦進京，中了舉人後便想著住進客棧的大通鋪，等著考春闈；若是回江寧的話，路費就要花去不少，他家再也沒有錢讓他進京趕考。

杜如晦算了算手中剩下的銀錢，本來是夠他撐到春闈的，沒想到前陣子他生了病，想省錢不請大夫，可客棧掌櫃見他病得厲害，怕他在客棧裡有個三長兩短，硬是給他請了大夫來開藥。

這一下，他連付通鋪的錢都沒有，欠多了就被店家趕了出來。

杜如晦說這些時很平靜，梁珩卻感同身受，明白這背後有多少身為寒門書生的辛酸。

很快到了家，梁珩在前院招待杜如晦，沈蓁蓁則陪著趙氏回後院。

不提梁珩曾經做過江寧的縣令，算是杜如晦的公祖，就說同為讀書人，且梁珩十分欣賞杜如晦，梁珩也會請杜如晦留下，暫住在家中。

在梁珩夫妻邀請他來家裡做客時，杜如晦就想過他們會收留他。當時他就考慮過了，他已經窮途末路，連回家的路費都沒有，眼看著就要到春闈，他不可能為了那可憐的清高，放棄十幾年的努力。

再說，對方是梁珩夫妻，杜如晦除了慶幸，沒有他想，謝過梁珩後，便痛快地答應下來。

就這樣，杜如晦在梁家的前院住了下來。

因為梁珩不逢休沐，就會朝出晚歸，一天都不在家；而後院只有趙氏和沈蓁蓁，都是女眷，就算還有和暢，他還太小，所以杜如晦幾乎不曾離開自己的院子，連吃食都由小廝送來。

梁珩回家後，經常會到他住的院子，畢竟他是探花，經歷過科舉，能給杜如晦一些經驗傳承。

時間過得很快，在春闈前兩個月，從全國各地上京趕考的無數學子，揹著行囊，還背負著親人的期望，來到陌生的京城。

這些天，杜如晦一直發愁進去後要吃些什麼才能果腹。

因為春闈的關係，京城裡所有日用品的價格都漲了不少，以前一文錢能買到的饅頭，現在要兩文錢。

他算了算身上的餘銀，不到半吊錢，便決定買一袋饅頭帶進考場。雖然到時候已是四月天，饅頭放了幾天，可能會餿掉，說不定還會吃壞肚子，但他沒有別的辦法。

就在考試前兩天，杜如晦準備出門買饅頭時，沈蓁蓁就帶著丫鬟來到他的院子。

杜如晦雖然驚訝，還是趕忙起身見禮。

沈蓁蓁走進房裡，看著清瘦的杜如晦站在窗下，臨窗的桌子上還擺著幾疊書，一本翻開著，書旁有一枝毛筆搭在硯上。

平日杜如晦是捨不得用這些東西的，只是春闈不僅考文采，還會看書法，而書法沒有紙筆是練不出來的；可他現在沒錢買紙筆，好在梁珩讓人送了幾方硯和幾疊紙，這些對現在的他來說，再珍貴不過。

杜如晦將今日受的恩惠深深記在了心裡。

「梁夫人請坐。」杜如晦略有些慌張地請沈蓁蓁坐，卻不敢靠過去，有些為難地站在原地。

沈蓁蓁對杜如晦這副模樣見怪不怪，當初剛認識梁珩時，他就是這副模樣，生怕有辱姑娘名節。

沈蓁蓁逕自尋了把椅子坐下，後面跟著的碧兒將一大包東西提了過去，放在杜如晦身邊的桌上。

杜如晦看著，有些不解。「梁夫人，這是？」

沈蓁蓁笑笑。「這是給你準備的，都是些到考場會用到的東西，裡面有吃食、藥品、一套筆墨紙硯，還有一些雜七雜八的東西。當年夫君用得上的，都給你準備了一份，另外鍋爐、炭火，一會兒會有小廝送過來。」

沈蓁蓁不管杜如晦面上的驚訝之色，又道：「對了，吃食都是乾糧、麵點，還有一些乾肉，到時候到了考場，你燒開水煮著吃。」

杜如晦呆呆地看著沈蓁蓁的嘴一張一合，心裡驚訝和感激交織，一時失了神，不知該說什麼才好。

梁家收留他，還給他管飯，梁大人常常過來幫他解惑，現在連梁夫人都如此照顧他。一時間，杜如晦熱淚上湧。

沈蓁蓁見杜如晦有些失神，問道：「杜公子，你沒事吧？」

杜如晦回過神來，連忙搖搖頭。這些東西正是他所需要的，也是梁夫人的一片心意，拒絕就是假客氣。

他沒有半句假惺惺的推辭，而是對沈蓁蓁一揖到底。

「學生多謝梁大人和梁夫人，你們對學生的大恩大德，學生銘記在心！」

沈蓁蓁不好去扶他，笑道：「杜公子客氣了，不過是些舉手之勞的小事。不瞞你說，梁大人也是起於微末呢！你不用羞愧，以後若是有得勢的一天，也可這樣幫助別人。」

杜如晦臉上一凜，正色拱手道：「學生銘記！」

到了進考場那天，梁家的小廝幫杜如晦將行李挑到了順天貢院大門處。

這七、八天的時光，對考場外面的人來說，過得極快。

杜如晦出來時，人消瘦不少，可精神還是很好，也幸虧考試前幾個月住在梁家，吃食比在外面好上太多；加上沈蓁蓁給他準備的東西極為妥帖，許多藥品都用上了，這才完好地從考場出來。

當夜，梁珩去杜如晦的小院，詢問他考得如何。

在梁珩面前，杜如晦並不隱瞞或是謙虛，回道解題時頗為順利，又將題目和答案默了一遍，給梁珩過目。

梁珩看了看，在心中估算了一下。杜如晦有真才實學，上榜想必不是問題。

杜如晦也滿心期待地等待放榜。

十天後，春闈放榜。

一大早，杜如晦就和別人一樣，來到京兆尹衙門外的公牆處，等著主考官放榜。

不過等不到一個時辰，杜如晦卻感覺自己等了好幾年一般。他已經用盡半生的努力，就為那一個萬分中只有一分的結果。

主考官乘坐氣派的敞天轎子，在一眾府兵的開道下，從順天貢院來到衙門外，將杏榜張貼至公牆上。

眾人立刻爭先恐後地圍了上去，睜大眼睛，尋找自己的名字。

杜如晦好不容易才擠到前排，已是衣冠散亂，半分斯文也無。

他在榜單上上下下看了好幾遍，都沒有看到自己的名字，瞬間覺得腦中的弦好像斷了，他失魂落魄，連怎麼擠出人群的都不記得了。

他雙眼無神地在街上遊蕩，要不是他面容整潔，只怕會被人當成是誰家丟失的傻子。

杜如晦不知何時走到了京河邊，一屁股坐了下來。

看著緩緩流動的河水，他突然很想一頭栽進去，這樣就不用艱難地去接受事實了。

杜如晦清早出門，直至日暮，梁珩都散卯回來，還是沒有歸家。

梁珩一回家，就看到一臉焦急的沈蓁蓁，坐立不安地在房中走來走去；和暢正在一旁練字，不時抬頭看一眼焦急的娘，不明白娘這是怎麼了。

「怎麼樣，如晦中了沒有？」梁珩進門就問道。

沈蓁蓁聽到他的聲音，轉過身來，略帶焦急地道：「杜公子清早就出去了，中午不到就放榜了，可杜公子一直沒有回來，我派了小廝去衙門看，杜公子……落榜了。」

梁珩一聽，不由皺緊了眉頭。他沒想到杜如晦會落榜，對於考生來說，落榜是個多大的打擊，他很清楚。

雖說杜如晦不是沒有分寸的人，但這種能將人直接打入地獄的打擊，很多人沒有扛過去，一生自此消沈下來；更甚者，會想不開也說不定。

想到這裡，梁珩一驚。這幾個月相處下來，梁珩算是了解杜如晦的品性，若是沒有別的事，就算落榜了，他也絕對會回梁家，不會讓他們如此擔心。

梁珩最怕的是，杜如晦會一時想不開。

「蓁兒，妳別急，我這就讓家丁們出去找如晦，他應該無事。」

沈蓁蓁點點頭，看著梁珩匆匆出了房。

和暢在一旁聽著，不知道爹娘口中的人是誰，他沒有見過。

梁珩將家裡所有小廝叫來，想派他們出去尋找杜如晦時，就見看門的小廝匆匆忙忙地進來，說道：「大人，杜公子回來了！」

梁珩不禁一喜，連忙朝杜如晦的院子走去，在半路就遇到渾身濕透的杜如晦。

杜如晦看到他，眼底閃過慚愧。

今天沒有下雨，杜如晦一身濕只有一個可能，但梁珩並沒有多問，等杜如晦過來後，拍了拍他的肩膀，道：「你先回去換身衣裳，洗個熱水澡，別多想了，好好睡一覺。」

杜如晦看著一臉平靜的梁珩，心底生起感激，略有些哽咽地應了一聲，辭別梁珩，往自己住的院子去了。

梁珩叫來一個小廝，吩咐幾句，轉身回了院子。

杜如晦泡過熱水澡，穿好衣裳出來時，一個小廝送來一碗薑湯。

杜如晦謝過，將薑湯一口喝下，接著不像平日那樣看書至深夜，而是直接吹燈上床躺下。

他以為自己會睡不著，可梁珩那幾句話在腦中迴盪了幾遍，睏意就上來了。

今晚，他睡了幾個月以來最好的一覺。

那天，杜如晦在京河邊坐了很久，直到夜幕。

四月的夜晚還有些冷，杜如晦覺得自己彷彿掉進了冰窖裡。

他不知自己是怎麼跳下水的，只是入水的那一刻，他就後悔了。他只想著自己沒考上，要如何回去面對為他操勞大半輩子的老娘，卻沒想到他要是走了，孤苦無依的老娘要怎麼活下去？

杜如晦在水中撲騰半天，很快就精疲力盡，往下沈去。

就在杜如晦以為自己會就這樣死去時，他感覺自己踩到了底。

他一下就從河中站了起來，原來河水不深，還不及他脖子。

他連忙爬上岸，癱倒在岸上，良久動彈不了。

杜如晦恢復過來後，狠狠抽了自己兩個耳光，連忙往梁家趕去。

次日，他準備與梁珩辭行，只是梁珩上卯去了，家中只有沈蓁蓁和趙氏。杜如晦想當面與梁珩辭行，便又等了一天。

這天，梁珩散卯後，杜如晦來跟他辭行，只是他沒想到，梁珩一定要留他在京中多住些日子。

「如晦，每次參加考試的人有萬餘，最終榜上有名者不過兩百餘人，落榜真的太正常了，除了文才，運氣有時也是不可或缺的，今科不行，來科再戰……」

杜如晦一直垂頭聽著，強忍著眼角的酸意。

梁珩見他一直不說話，說什麼也不放心就這樣讓他回去。

「這樣吧！左右無事，你再在京城住些日子；至於你娘，我會讓我舅子派人去照看的。」

杜如晦抬起頭來，連忙謝絕。

「不、不，梁大人，您已經幫我太多了，我不能再麻煩您了，我的行李已經收拾好了，明天我就走。您一家的大恩大德，我不知今生是否能回報。」

杜如晦這意思是，他今生不知還能不能考上，若是不能，想必一生都會這般窮困潦倒，梁珩他們的恩惠，是怎麼樣也還不上了。

可這話聽在梁珩耳裡，又是另一番意思，好像杜如晦想不開，大恩大德來世再報一樣；加上昨天杜如晦一身濕回來，問都不用問都知道是怎麼回事，梁珩便更放心不下了。

好說歹說，梁珩就是不同意杜如晦現在就回去。

這番心意，杜如晦感激涕零，難以拒絕。雖說他真的已經沒有了那方面的想法，但失意是難免的，現在也無顏回去見他娘，只好在京中，調整好心態再回去。

沈蓁蓁也聽梁珩說了那天杜如晦渾身濕透回來的事，見杜如晦整天將自己關在房中，想讓他出去走走，散散心。

於是，和暢便被沈蓁蓁派去，請杜如晦陪著他出去玩。

因為沈蓁蓁親自過來將和暢託付給他，和暢又一見面就上來拉住他的手，想要他帶他出去玩，杜如晦雖然擔心照顧不好梁大人的寶貝，但是拒絕的話，怎麼也說不出口。

他知道，好端端地，梁夫人不會將寶貝兒子交給他，不過是想讓他出去走走。

接下來的日子，杜如晦每天帶和暢上街，和暢兜裡揣著碎銀子，想買什麼，自己掏錢就買了。

若和暢買什麼吃的，也都會買一份給他，機靈又貼心。

「杜小叔叔，給你。」

杜如晦接過和暢遞來的一串糖葫蘆，和暢自己手裡也捏著一串，抬頭看著他，好像在催他快吃吃看。

杜如晦看著和暢亮晶晶的眼睛，不自覺咬下一顆糖葫蘆。「很甜，好吃，暢兒你快嚐嚐。」

和暢見他吃了，這才眉眼彎彎地笑道：「娘說我不可以吃太多糖葫蘆，那我就吃兩顆好了。」

說著，邊吃邊拉住他的一根手指。

杜如晦看著白白嫩嫩的和暢，只感覺自己的心都要化了，心裡不由想到，以後自己能有這麼一個兒子就好了。

幾天下來，在單純可愛的和暢陪伴下，杜如晦覺得自己的心態放鬆了很多，就像梁大人說的，他不過二十歲，來科再戰吧！

這天，杜如晦還是如前幾天一樣，牽著和暢上街玩耍。

和暢有些走累了，杜如晦將和暢揹在背上，感覺和暢慢慢在他背上睡著了，杜如晦便打算回去。

可沒走多遠，迎面就碰上幾個匆匆忙忙的年輕人，這幾人他認識，都是一科考試的同年。

見到杜如晦，幾人驚訝過後，喜色浮現在臉上。

「杜兄，你竟然還在京中？」一人喊道。

這話就是知道他落榜了，一般外地的考生，落榜後就回家了，所以在這裡看到他，會驚訝也不奇怪。

杜如晦因為揹著和暢，不好見禮，便告了罪，口頭問了好。

「說來慚愧，在下落榜了，這陣子借住在一位故人家中，過陣子就要回去了。」杜如晦並不想說出梁珩，以免給梁珩造成不必要的麻煩。

幾人聞言，皆是滿臉的喜色。

「杜兄，你還沒走真是太好了！」

杜如晦不由疑惑。

說起來，這幾人跟他並沒什麼交情，不過是見過幾次面，互相知道名諱罷了，怎麼見到他會一臉的喜色？

杜如晦正疑惑間，一人道：「杜兄，這裡不是說話的地方，我們找個茶樓細說。」

杜如晦偏頭看了看背上熟睡的和暢，又見幾人好像確有要事的樣子，只好點頭同意下來。

沒想到這一去，竟聽到了一個駭人聽聞的真相！

杜如晦抱著熟睡的和暢走出茶樓時正值中午，陽光亮得他睜不開眼。

今科有不少權貴子弟，收買了主考官王季儒，提前得知了考題。杜如晦回想著同年說的那些話，一直回不過神來。

就在這時，懷裡的和暢說了句夢話，驚醒了他。

杜如晦連忙將和暢送回梁家，這才又出來，前往與那幾個同年相約的地點。

那裡已經聚集好幾個人，有幾人杜如晦並不認識。

幾人匆匆互相引介了一番。

這些同年皆是今科落榜的，面上神情都很憤怒，因為恪守著君子三禮，而強將怒罵忍了下去。

「若不是那張保中在慶宴上喝多了酒，將這事抖出來，只怕無數的考生，就要蒙受這天大的冤屈了！」

「這王季儒可是先皇開朝元老，如今還掛著宰相之名，可謂是德高望重，此消息可準確？」

「這可是那張保中親口說出來的，酒後吐真言，這話有不少人聽到，怎麼可能有假？張家人在張保中說了沒兩句話後，就將他強行拖了下去，若是沒這回事，他們為何不能坦蕩蕩地向天下學子解釋？」

「那些個不學無術的，將你我擠下來，他們花銀子就能考上，試問我們寒窗十餘年又有何用?!」

此言一出，舉座皆沈默了一瞬。

忽有一人砸杯而起。「科舉為何而存在，就是為了讓你我這等寒門學子能有同樣的機會躍出農門！我不相信皇上會坐視不理，不相信我們大齊的官制已經腐爛至此！諸位兄臺，我出了這間茶肆，就要上宮門前告御狀！」說完他冷著臉，就要往門口衝去。

旁邊的人趕緊拉住他。「趙兄！這事要從長計議，你先別急！」

好說歹說，這人總算又氣呼呼地坐下了。

這事波及到的學子不可謂不廣，所以他們商量後，一方面蒐集證據，一方面去聯繫所有還在京的落榜考生。

這事非要人多，才可能引起朝廷的重視，換句話說，才可能上達天聽。

當晚，杜如晦回去後，梁珩不出意外又來了他住的院子。兩人年紀相差不多，也算志同道合，杜如晦也是博學多知，兩人惺惺相惜。

兩人一起下棋，梁珩明顯感覺杜如晦似乎有什麼事，經常走神兒。

「如晦，有什麼事嗎？」梁珩問道。

杜如晦猶豫了一會兒，這事現在還沒有證據，那些主持的同年不知道要怎麼處理這件事；而梁珩現在的處境他也知道，這事還是先不告訴梁珩好了。

杜如晦搖搖頭，梁珩也沒有追問。

接下來幾天，杜如晦每天帶著和暢出去玩半天，剩下半天才到相約好的茶肆聽事情進展。

也許唯一的證據就是所有考生的答卷了，可卷子已經作為卷宗封了起來，他們不可能弄得到。

商量來、商量去都沒有什麼好辦法，眾人一致決定，採用一開始那趙兄提出的方法——告御狀！

眾人商量好，第二天趁皇帝早朝時，便去宮門敲鼓告狀。

杜如晦本來也要隨眾人一起去告御狀，只是沒想到他晚上睡覺忘了關窗，半夜下雨吹風，一下就感染了風寒。

次日，照料他的小廝見他一直沒起身，敲門也沒聽到人應聲，不得已撞開門進來，這才發現面色潮紅、全身發燙的杜如晦，已經燒得人事不知。

小廝嚇了一大跳，連忙去告知沈蓁蓁。

沈蓁蓁趕緊派人去請大夫，忙亂了一早上，杜如晦才悠悠醒來。

迷迷糊糊間，他想起告御狀的事，就要下床穿衣裳，只是全身燒得無力，竟連起身也不能。

杜如晦沒辦法，沈蓁蓁是女眷，這事他不便跟她說。

他焦灼地等了一天，終於等到梁珩散卯。

梁珩聽聞杜如晦病了，過來探望他，一聽完杜如晦的話，立刻著急起來。

「這事情，你怎麼不早點告訴我？」

杜如晦紅著臉，不好將原因說出來。

梁珩在屋裡走了兩圈，科舉舞弊是大事，皇上絕不會坐視不理，可今天早朝如同往常一樣，並沒有異常，若是有人在宮門前敲鼓告御狀，皇上怎麼會不知道？

梁珩將這個情形告訴杜如晦。

杜如晦睜大眼睛，難道那些同年沒有去？

梁珩沈吟片刻。「你那些同年聚集的地方在哪裡，我去看看。」

梁珩身為御史，既然知道了這事，怎麼可能放任不管？

也是杜如晦擔心此事太大會牽連到梁珩，所以才決定等有證據的時候，再告訴梁珩。

梁珩先是去了杜如晦說的那間茶肆，可茶肆已經關門了。

梁珩跟京兆尹那邊的人並沒有什麼交情，只好上劉家的門，找劉致靖幫忙打聽，今天是否有一群書生去告狀。

劉致靖動作很快，京兆尹那邊的意思是，今天有一群書生想在宮門前鬧事，已經被抓住關了起來。

事情到了這裡，誰都能看出其中的貓膩。

劉致靖沈默了一會兒。他是這個階層的人，他知道這階層的人有多排外，無論裡面的人怎樣明爭暗鬥，可當有在他們眼裡視作低等階層的人，想要試圖挑戰他們的權威，或是想要拉下他們取而代之，他們就會一致排外。

而梁珩，只有他自己。

劉致靖猶豫了半晌，終於還是說道：「梁兄，這件事，你別管了吧！」

梁珩驚異地看向劉致靖，就見他面色複雜，不敢直視他。

「這件事表面上看，只有王季儒一個人。王季儒雖只是個閒散宰相，沒什麼實權，但他是先朝元老，做過很多科主考，門生可謂是遍布天下，梁兄，你……」

劉致靖沒說完，可梁珩知道他是什麼意思。

兩人站在夜幕下，彼此都看不清對方的神色。

「這條路很難，可是走過了，絕對不會後悔。」

梁珩沒頭沒腦說了一句，劉致靖一臉莫名地看向他。

梁珩沒有再說話，只是道了謝，便告辭了。

劉致靖站在原地，看著梁珩沒入夜色中的疾行身影，感覺這一刻，才真正算是了解梁珩。

他看著似乎只是個普通人，可又極不普通，因為他從未妥協過生而為人的原則。

次日早朝。

「有事起奏，無事退朝！」

「臣有……」

「臣有事啟奏！」

中書令丁魏正想說自己有事啟奏，不知被誰搶先打斷，他頗為不滿，轉過頭，看看到底是誰敢和他搶話！

只見一個官小名氣卻大的出了列，跪伏在地，正是梁珩。

齊策好久沒怎麼關注過梁珩了，這會兒見他站出來，便問：「梁愛卿有何事？」

文武百官也凝神聆聽，這梁珩竟然敢搶在宰相前面說話，眾人都想看看他要說的是什麼國政機要。

沒想到梁珩卻像說故事一般，說起一個借住在他家的考生。

大多數官員想著梁珩不會無故說起這個，便也耐著性子聽著，前面幾個宰相卻不樂意了。

有這麼多要事等著上奏呢！梁珩說的那是什麼破事，回頭等說完了正事就參他一本。

接著梁珩話鋒一轉，說起該考生落榜後，想不開跳河自盡。

要是死了什麼平常百姓，誰也不敢拿到朝堂上說，可舉人就不一樣了，齊策對人才相當看重，每年科舉都極為重視。

還好梁珩後又說這考生沒事，眾官員悄悄鬆了口氣。

沒承想梁珩下面說的話，將他們所有人的心都提到了嗓子眼。

梁珩語調不變，一一將他知道的事情說了出來。金鑾殿內，已經靜得連掉根針都能聽得見。

齊策良久沒開口，下面百官也垂著頭，盯著腳下。

終於，齊策開口了。

「此事容後再議。」

死寂的金鑾殿瞬間又活了過來，眾臣上奏、附議的附議，誰都沒有再多看一眼尚跪在地上的梁珩。

劉致靖站在離梁珩十步遠的地方，看著梁珩良久才站起身，歸了位。他背脊依然挺得筆直，面色也如常。

可劉致靖在這一刻，卻很想把殿上所有人的偽裝都撕下，讓他們的醜惡直面皇天。

早朝後，等前面的大員們都走了，梁珩才跟著往外走。

劉致靖在梁珩後面，見他出去了，雖然心急，但還是得按品級，等前面的官員都走了，才匆匆忙忙地跟在後面出殿，卻不見梁珩的身影。

宮裡肯定丟不了人，劉致靖找了一圈沒見著梁珩，便直奔御史臺。

而梁珩，這會兒卻在御書房外等著。

齊策派了個內侍叫他過來，梁珩到了之後，裡面卻全無動靜。

梁珩不知道齊策叫他過來做什麼，但聖心不可測，他規矩地站在御書房門前，等候裡面的傳召。

這一等，就等了一個時辰，齊策才讓人叫他進去。

梁珩低頭走進殿內。

齊策坐在御案後，案上高疊的奏摺幾乎將他遮去一半。看著面前跪在地上、目不斜視的梁珩，齊策朝旁邊的內侍擺了擺手，那內侍便連忙上前，將他案上的奏摺搬至一旁的几案上。

「梁愛卿，起來吧！」

這會兒的齊策似乎隨意得多。

梁珩謝過恩，站起身來，等著齊策開口。

齊策看著他這模樣，既欣慰又頭疼。像梁珩這種官，再多大齊都不嫌多，但是作為君王來說，這種臣子，最不好說話。

齊策琢磨了下措辭，這才清清嗓子。「梁愛卿啊！」

梁珩抬頭看向齊策，只看到那一身明黃色繡著金色暗紋的龍袍，他不敢直視君王，又低頭看向地面。

「你今天在早朝上說的事，可有證據？」齊策問道。

梁珩道：「回皇上，臣今天說的事，除了那十餘個考生現在還關在府衙大牢，其他的，臣沒有證據。」

齊策點點頭。「那想必是吳奉他們那邊弄錯了，回頭朕讓吳奉將人放出來，好生送回家去。」

梁珩默默不語。

齊策沒有再說話，卻一直看著梁珩，似乎在等著他開口。

梁珩一直垂眼看著地面。

梁珩今天並沒有彈劾誰，也沒有說考場舞弊，這事他本來就沒證據，他只是將杜如晦告訴他的事，上呈天聽。

齊策也很為難，要是別人做下科考受賄這事，就算只有嫌疑，別無二話，肯定嚴懲不貸。

可齊策內心不大相信王季儒會這樣，他是先皇最信任的臣子，當年齊策年幼上位時，王季儒手握輔政大權，最後等齊策羽翼漸豐，王季儒適時將大權讓了出來，雖然品階還在，卻是實實在在的散官。自此也讓齊策一直對他懷有一絲愧疚，會試有幾科都是請王季儒主考的。

「梁愛卿，科舉這麼大的事，王老他也不缺這幾個銀兩，他要是沒錢了，他跟朕要，朕自會給他，他犯不著這麼做，這其中是不是有什麼誤會？」

梁珩搖頭。「回皇上，這其中有沒有誤會，得您派人去查了才知道。」

齊策在心裡嘆了口氣，查不查都兩難。

不查，寒了天下讀書人的心。

查，又怕真的查出什麼來。

想到這裡，齊策一愣，他內心竟會擔心查出事情來？

齊策思前想後，他去過王季儒的家，那真是宅院深深，一進套著一進，雕梁畫棟，處處精緻到極點，就這樣的財力，王季儒還會貪圖這些小錢？齊策不信。
齊策看著眼前的梁珩，道：「那，梁愛卿，你就負責查辦這件事吧！」
當即，齊策寫了一紙詔令，蓋了印，交給梁珩。
在梁珩查出結果前，他試圖說服自己，王季儒真的不缺這些錢。先皇在位時，賞了他不少東西，連他現在住的宅子，都是先皇賜下的；他繼位後，因為心懷愧疚，也賞了他不少金銀。
只是，當梁珩將證據擺在齊策面前時，齊策沈默了。
最後，齊策沒有再見過王季儒。
本來按律當斬、抄家，可齊策念著舊情，王季儒又是先帝最信任的臣子，所以只下令抄家，王季儒則下了獄。
可當齊策派人要審他時，卻傳出王季儒突然暴斃獄中。
原本因為皇上下令徹查王季儒而人人自危的朝官，都悄悄鬆了口氣。
這事很快就過去了，王季儒似乎死得應當，可那些行賄買官的人，卻還活著。
大齊開國兩百餘年，壬寅年這科會試考了兩次。各州縣的舉子們，在當年八月初揣著州縣補貼的路費銀子，又一次到了京城，參加當科會試。
這科會元，之後也中了狀元。
多年後，他封侯拜相，位極人臣。
他名杜如晦。

適逢金秋九月，滿城飄香。

梁珩踩著落日的餘暉，匆匆出了宮門。

「梁兄、梁兄！」

梁珩聽到劉致靖的聲音，連忙停下腳步，轉身往後看去。

劉致靖原本靠在宮牆上，等了梁珩半刻，見梁珩匆匆出來，連忙叫住他。

「梁兄，慶祝你官復原職，我們找地方喝一杯吧！」劉致靖幾步走近，摟住他的肩膀。

梁珩左右看了看，沒看到易旭。

「易兄不去嗎？」

劉致靖似是失落地嘆息一聲。「丁……表嫂不是有了身孕嗎？表兄他恨不能整天都守著愛妻，一散卯就匆匆跑回家去，我已經幾天沒見過他人了。」

梁珩點點頭，安慰地拍了拍劉致靖的肩膀。

「我也要回家陪伴妻兒，慶祝酒就不喝了，你也早點回家去吧！」

劉致靖一臉震驚，連忙抱住梁珩胳膊。「梁兄?!」

梁珩見劉致靖一臉震驚，又解釋道：「又不是什麼大事，一樣做侍御史罷了，你不是只剩半個月就成親了？這會兒這麼閒？」

不提這個還好，一提劉致靖就苦著臉。

梁珩見劉致靖面色不好，只好讓劉致靖的小廝劉言去梁家通知一聲他會晚點回去。

兩人到了黃梵名下的酒樓。
入了座，店小二正要準備茶水，被劉致靖攔住，直接上了酒菜。
「致靖，怎麼了？」
劉致靖欲言又止，自己倒了杯酒喝下。
「我感覺好緊張啊！」劉致靖說著，拍了拍自己胸脯。
梁珩點點頭，表示理解。當年他要成親前，也是緊張興奮得大半夜都睡不著。
劉家家大業大，成親的一應事宜自有人操辦，劉致靖只要穿著喜服去迎親就是了。
劉致靖又連喝了幾杯酒，梁珩趕緊將他攔下來。
「致靖，你別這麼喝，小心傷胃，先吃點菜墊墊肚子。」
劉致靖只好放下手中的酒杯，隨意挾了兩筷子菜吃下。
梁珩只當劉致靖要成親前太緊張，喝杯酒壓壓驚。
兩人又聊了些別的，梁珩為了安慰劉致靖，揀了些自己家的家常事說了。
劉致靖一手撐著下巴，靜靜地聽著，他一直很羨慕梁珩和沈蓁蓁那個溫馨的小家。
他出身名門，家裡兄弟姊妹眾多，關係也錯綜複雜，長輩對他的教育，雖說不算嚴厲，禮節教條卻多，也要求他很小就開始自立自強，從來沒有在父母膝下承過歡。
所以劉致靖養成了不輕易外顯情緒的性格，甚至一開始連什麼是愛都不懂，直到後來才明白，在章伊人千里迢迢去赤縣找他時，他就已經心動了，可當時的他並不知道，耽誤了彼此，還害得章伊人出了家。

劉致靖心裡有事，也不拉著梁珩一起喝，自己慢慢一杯一杯地解決。

梁珩只當劉致靖緊張，找他出來喝喝酒，便也不勸了，左右他喝醉了，他再送他回去就行。

一壺酒很快就喝盡了，梁珩便問：「還要幫你叫一壺嗎？」

劉致靖愣了愣，搖搖頭，抬頭看著梁珩，眼神已經有了些醉意。

「梁兄啊……」

劉致靖突然出聲叫了一句，梁珩應了一聲，迎上劉致靖的目光。

劉致靖卻像心虛一般地避開了，酒意上臉，面色有些酡紅。

劉致靖不敢看梁珩，猶豫了半晌，猛然閉上眼睛，將那憋在心裡多年的秘密，一口氣說了出來。

半晌，劉致靖見梁珩沒有回應，連忙睜開眼睛，看向梁珩，有些語無倫次地道歉。

「梁兄，那次我不是有意要輕薄嫂子的，你想想那個情況，我也是沒有別的辦法。」

梁珩卻只是一臉惶恐地看著劉致靖，又驚又怕，一時說不出話來。

他當年竟然差點就失去她了！

劉致靖見梁珩半天沒反應，心裡不由忐忑。

他只是覺得這件事其實當年就應該和梁珩夫婦說清楚，可現在看梁珩的反應，劉致靖又開始懷疑，自己是不是真的應該將這件事爛在肚子裡？

「致靖……」梁珩拉住劉致靖的手，聲音不自覺地打顫。「你這份情，我畢生感激！」

劉致靖怔怔地看著梁珩臉上的後怕，他早該想到的，梁珩更在意的是愛妻的生命，不管他用的是什麼法子，梁珩有的只會是感激罷了；他怎麼能將他與常人相提並論，生生讓自己受了這些年無謂的折磨？

劉致靖雖說自己沒喝醉，梁珩還是堅持送他回劉府。

劉致靖跳下馬車，正想讓劉言送梁珩回去，就見梁珩忽地從馬車上跳下，緊緊地抱住他，言語熱切感激。

「真的多謝你，致靖！」

劉致靖愣愣地拍了拍梁珩的後背。

看著梁珩乘坐的馬車漸漸遠去，劉致靖忽然驚覺，多年來，那顆壓在自己心上的石頭被梁珩搬開了。

他愣愣地笑了笑，轉身進了劉府，步履輕鬆。

劉宰相家的大齡二公子，終於成親了！

劉致靖是同輩中最後一個成親的，那場面極為氣派。

劉致靖身穿大紅喜服，面帶喜色，坐在高頭大馬上，身後是一頂軟羅煙錦繡八抬喜轎，嫁妝足足有四十八抬。

紅毯從劉家大門直鋪至章家大門，兩家住在同一條街，相隔不過半里。接了新娘子，整個迎親隊伍繞城吹鑼打鼓走了一圈，這才進了劉家大門。

梁珩並沒有跟著劉致靖去迎親，他牽著沈蓁蓁，站在如雲的賓客中間，看著二十六歲的劉致靖，終於抱得美人歸。

和暢一臉驚喜，抬頭對沈蓁蓁笑道，又輕輕摸著沈蓁蓁的肚子。

「娘，妹妹她踢我！」

沈蓁蓁看著長高許多、越來越像他爹的兒子，笑道：「妹妹在跟你打招呼呢！」

沈蓁蓁肚中的小寶寶已經七個月了，其實她也不知道是兒子還是女兒，只是和暢固執地想要一個像如意姨姨生的那樣軟糯的妹妹，便一直叫他娘肚中的小寶寶為妹妹。

梁珩升至御史中丞後越來越忙，想多陪陪她都不能，還好已經長大不少的和暢能陪沈蓁蓁說說話。

「夫人，劉夫人來了。」

沈蓁蓁忙道：「快請劉夫人進來！」

很快地，章伊人就帶著兩個丫鬟進了院，見沈蓁蓁挺著大肚子，正等在廊下，笑道：「姊姊，妳好生在屋裡坐著吧！」

沈蓁蓁笑道：「要多走動走動，生產時才好呢！」

章伊人點點頭。「也是。」

沈蓁蓁看了一眼章伊人背後丫鬟手中抱著的襁褓。「子都睡著了？」

章伊人回頭看了一眼睡夢中的兒子，笑著點點頭。

「丁妹妹本來也說要過來，但惜妹又不大舒服，鬧騰得很，便說過兩天再來看姊姊。」

沈蓁蓁趕緊問惜妹怎麼了？好在不是什麼大病，只是有些受涼。

「我現在也不方便，不然我都想出去走走呢！夫君總不放心我一個人出門，便將我關在家裡，還好妹妹妳們經常來看我。」

章伊人扶著沈蓁蓁慢慢走。「我們可都羨慕姊姊呢！梁大人這般心細。」

沈蓁蓁笑道：「致靖對妳真是含在嘴裡怕化了，怎麼會不心細？」

章伊人想到夫君，不由面上含笑。

到了生產那日，梁珩焦急地在房外走來走去。

他一得知沈蓁蓁要生的消息，連忙就往家裡跑，連告假都忘了，調到臺院的段續見狀，連忙幫他將假補上。

梁珩看著緊閉的門，聽著裡面的呼痛聲，恨不能像上次那樣踢開門闖進去，陪著沈蓁蓁。

就在梁珩焦急得直轉圈時，裡面傳來一聲響亮的啼哭。

趙氏打開門，讓焦急的兒子進房。

梁珩匆匆看了一眼正踢腿啼哭的孩子，連是男是女都未看清，立刻撲至沈蓁蓁身邊。

「蓁兒，辛苦妳了。」

這胎很順利，沒有像上一胎那麼受罪，沈蓁蓁精神還好。

「恭喜梁大人，梁夫人喜得千金！」接生婆在一旁，恭喜了一句。
沈蓁蓁的心瞬間鬆了，和暢念叨了大半年的妹妹，終於如願以償了。

——全書完

番外之劉致靖

正是一年好春處，京郊北面的容山寺上，青山黛林，丘壑幽美，遊人絡繹不絕。一輛高大華貴的馬車行於其間，前面的馬車見到這馬車上的家徽，都自行讓路。這一路暢行無阻，馬車很快就到了容山寺。

馬車在寺門前停穩，趕車的小廝連忙跳下車，將車凳放於車轅下，這才輕聲道：「夫人、小姐，容山寺到了。」

車簾從裡面撩開，一名身著水藍長裙的嬌美女子從裡面出來，又轉身扶著一個衣著華貴的婦人下車。

這婦人正是中書令夫人李氏，女子正是章家嫡女，章伊人。

容山寺是尼姑庵，京中的命婦、貴女喜愛來此上香。章伊人扶著母親進了寺門，走了不遠，就有一個師太迎上前來。

李氏經常來進香，每次來都會先派人打招呼。三人互相見禮，師太便引著母女倆往殿內去。

上香後，師太又引著兩人到後廂休息。容山寺的素齋做得不錯，李氏每回都會在這裡用過飯再回去。

「章夫人，今天有好幾位夫人過來了，這會兒都在後廂歇息。」

「今兒難得的好天氣，悶了一個冬天，大家都想出來透透氣。」李氏笑道。
很快地，兩人就到了後廂禪房。
果然，好幾位相熟的夫人正坐在一起說話。
房裡幾人見章家母女走進來，皆笑道：「章夫人今天晚了些。」
李氏笑道：「可不是，出門有事耽擱，便來晚了。」
章伊人給房裡的夫人們都見了禮。
幾個夫人都沒帶女兒來，想來是約好了結伴來的。
章伊人坐在一堆夫人中間，聽著幾人談論兒女婚事，有些煩躁，便跟母親打了聲招呼，說要出去走走。
想著就是在寺廟裡走走，章伊人便沒有帶侍女。
容山寺環境清幽，章伊人漫無目的地走著，偶爾遇到兩個小比丘尼對章伊人雙手合十，章伊人也連忙回禮。
不知不覺間，章伊人驚覺自己好像再也沒碰到人，周遭的環境似乎格外幽靜，只能偶爾聽到幾聲鳥鳴。
章伊人準備回去，只是來時便是漫無目的，回去更找不到方向了。
禪院一院套著一院，古木深深，章伊人只能憑著感覺往回走，走了一刻鐘左右，出了一道門，入目便是幾條掩在幽林裡的小徑。
章伊人猜測自己應是到了容山寺的後山，她便順著回前門的小徑走。

只是沒走多遠，迎面便來了兩個人。

其中一人穿著寶藍華服，趾高氣揚地走在前面，手上還打著一把紙扇，後面則跟著一個小廝。

章伊人退至一旁，想等他們先過去。

那男子看到章伊人，雙眼一亮。

沒想到竟能在此遇到如此佳人，真是天賜良緣。

他手搖摺扇，理了理衣襟，幾步朝章伊人走來，距三步遠時，朝章伊人拱手行了個禮。

「這位美……小姐，在下有禮了。」說著一臉嬉笑地朝章伊人做了個揖。

章伊人皺著眉頭，眼前這男子目光渾濁，顯然不是什麼好人。

章伊人微微朝他點點頭，便要繞過他離去，沒承想男子一伸手，攔住她的去路。

男子不管章伊人的怒目而視，依然嬉笑。

「不知小姐芳名？」

章伊人面有薄怒。「這位公子請自重，讓開。」

男子見章伊人冷著臉，也不生氣，又問：「小姐是城裡哪家商戶的嬌女，還請小姐告知芳名，在下明日就請家翁上門提親去。」

這話失禮至極，這男子想來是浪蕩子，章伊人不欲與他多說，轉身便想從來路回去。

沒想到男子快步繞到她跟前，再次攔住她。

「小姐別走啊，小姐還沒告訴在下妳的芳名呢！」

「你讓開！」

「小姐只要告知在下芳名，在下立刻就送小姐回去。」男子還是一臉嬉笑，攔在章伊人面前。

章伊人正欲開口，就聽到男子身後傳來一道帶著嗤笑的聲音。

「人家小姐讓你滾開，你聾了嗎？」

男子聞言，勃然大怒，轉過身，就見一個年輕男子，著一身淺藍衫，倚在拱門處，面帶嗤笑地看著他。

章伊人見到來人，不由驚喜地叫出聲。「劉致靖！」

劉致靖起身朝他們走來，章伊人趁面前的男子發愣，連忙繞開他，躲到劉致靖身後。

男子見狀，更是怒火中燒。

「敢壞爺爺的好事，小子你活膩歪了?!」

佳人面前，輸什麼都不能輸氣勢，所以男子沒有多想一身華服、氣勢看上去就不像普通人的劉致靖會是什麼人。

劉致靖收起笑，突起一腳將男子踹翻。

「你是誰家爺爺？嗯？」

男子被踢飛，撞到後面的小廝身上，兩人皆是「哎喲」一聲，撲倒在地。

「你知道我爹是誰嗎?!竟然敢踢我，你給爺爺等著！」男子在小廝的攙扶下勉強爬起身，撂下狠話。

劉致靖嗤笑一聲。「你爹是誰回家問你娘去，我哪知道。」

那男子更是大怒，正要怒罵，就被身旁小廝拉住了。

小廝著急地在主子耳際低語兩聲。

男子雙眼頓時大睜，驚恐地看著面前的劉致靖。

他沒注意到章伊人叫的名字，小廝可是聽得很清楚，劉大公子在京城中可謂是鼎鼎有名。

主僕兩人二話不說，忙一溜煙跑了。

劉致靖也不去追，這種人要收拾他還不簡單。

劉致靖轉過身，看著眼前的章伊人，也學著那人拱手一拜，笑嘻嘻道：「在下見小姐貌美，心甚悅之，可否冒昧相問小姐芳名？在下尚無婚約，隔日便請媒人上門提親……」

話還沒說完，章伊人就皺著眉頭打斷他。

「劉致靖！」

劉致靖在京中的名聲也不見得有多好，但絕不會做下三濫的事，章伊人知道這會兒劉致靖不過是在調笑她罷了。

劉致靖收起笑臉。

「連那小子都知道遇事報出他那不知幾品小小芝麻官老爹的名頭來，難道章大才女不知道報出令尊中書令的名號來嗎？」

劉致靖一下變得嚴肅，章伊人愣了愣。她只是不想讓那宵小知道她的名字而已，可這個卻不能對劉致靖說。

但就算她不說，劉致靖也明白。

章大才女多清高啊！她向來不屑用她爹的名頭嚇唬人。

劉致靖冷笑道：「那人若是真對章大小姐做出什麼事，到時候別說名字，名聲只怕都要丟盡，京城第一才女？嗯？」

章伊人聽著劉致靖話間嘲笑她愚蠢，仔細想想，自己好像也真蠢，她面色脹紅，低著頭不說話。

劉致靖負手欲走，走了幾步，見章伊人還垂頭站在原處，轉過頭，話語間頗有些不耐煩。

「章大小姐不走嗎？」

章伊人抬頭看了一眼劉致靖，他面上滿是不耐煩，從來沒人敢這麼對她。

她不由氣上心頭，但她若不跟著劉致靖走，不知道還會遇到什麼事。

劉致靖腳步很快，章伊人勉強跟在他後面，走了快一刻鐘才到寺廟前院。

到了前殿，劉致靖停下腳步轉身，戲謔地看著她道：「章大小姐這麼好看，以後出門還是帶個丫鬟吧！」

說完不等章伊人開口，自顧自地走了。

劉致靖很快就走遠了，章伊人站在原地愣了愣，正要離去，就見劉致靖方才站著的地上似乎有什麼東西。

她走近，撿起來，是一塊暖玉，只是繫帶斷了。

章伊人咬了咬唇，將玉收了起來，想著下次見到劉致靖的時候，再還給他吧！

——全篇完

2018年9月出版

撩夫好忙

文創風 668~669

身為柳家獨生女，柳嫣肩負起一家生計，
家裡窮得揭不開鍋，她去山上採野菜，
差點失足落崖，被個大鬍子男人摟腰救起，
誰知這大鬍子找上門來，一臉笑意……
完了，該不會一個摟腰，他就說要對她負責吧?!

大城中的小愛，許諾下的長情／七寶珠

鮑岩穿越到古代，成了十五歲的小姑娘柳嫣，
有一副天仙般的容貌，身材還前凸後翹，真是天上掉下來的禮物！
美中不足的是，母親早逝，家裡一窮二白，還有個受傷的父親。
沒想到家窮還能惹出事，鄰家寡婦覬覦俊秀的父親，不時上門擺出主母架子，
就在她煩不勝煩時，柳嫣的青梅竹馬小山哥哥回來了！
當年一場天災，讓他家破人亡，被柳家好心收留一陣子，
他自己卻堅持要上戰場，如今衣錦還鄉，長成高大英俊的男子，
不僅功夫超群，還是軍中男神，搶手到不行，
最重要的是對她溫柔如昔，讓柳嫣的少女心直冒泡！
這種好男人天生惹眼，那鄰家寡婦的女兒也看上他，
豈料她柳嫣也桃花朵朵開，竟不知從哪冒出個未婚夫婿？
看來她除了要保護這盤天菜不落入他人手裡，還得讓身邊的桃花退散！

2018年9月出版

淑女不好逑

文創風 670～672

京城流言四起，都嘲諷她是故意撞倒在他馬下的，
然而，她卻說此事非她本意，是有人推她出去，存心害她的，
她還說，定會查明真相，揪出害她的凶手，以示清白，
但實話說，她是故意為之還是被害的，他都不在意，
因為就在同一天，他心儀的姑娘失足溺斃在護城河了……

只願君心似我心　定不負相思意／果九

她叫程嘉寧，是當今太醫院院使次女，亦是皇帝寵妃程貴妃疼寵的親姪女，
齊王慕容朔是她青梅竹馬的表哥，京中人人皆知她是他的心上人，
他說，待太子孝期一滿就請皇上下旨賜婚，與她一生一世永不分離，
於是，她滿心期待著成為他的妃，與他攜手偕老、恩愛白頭，
然而綿綿情話言猶在耳，七夕那天放花燈時，她卻溺斃在護城河裡，
再睜開眼，她莫名成了被馬踢傷的建平伯府中的三姑娘顧瑾瑜！
在細細訪查之下，把三姑娘推至馬下的人很快就被她抓到了，
接下來，就是查明她的前身「意外」溺斃的真相了。
是的，她其實不是失足落的水，而是被人硬生生推下護城河害死的！
據說，在她身故後，表哥齊王傷心得大病一場，久久都下不了床，
堂堂六皇子對她竟如此情深意切，簡直讓京城女子都氣紅了眼，
但有誰知，當初一臉獰笑推她入河的，就是這俊朗儒雅的癡情男子！
為什麼？她真的以為表哥會一輩子護她、愛她的，為何竟要殺她？
她不甘心就這麼含冤而死，發誓定要查個水落石出，
然而，抽絲剝繭後得知的謀殺真相，卻讓她震驚不已……

與子成悅 韶光靜好／渥丹

2018年8月出版

妻好月圓

置之死地而後生，走過鬼門關的她自然明白，
但過得這般「精采」的，她應該是第一人吧?!

文創風 657 1

一朝遇害，堂堂侯府千金竟借屍還魂成了官家庶女，
為求生存，她使盡渾身解數，孰料依然多災多難，
不是半夜失火，就是被人追殺，乾脆硬著頭皮上前，打幾個算幾個吧！
可此舉卻讓來救人的御前護衛蕭瑾修傻了眼。
唉，這位大人誤會了，並非她勇猛無雙，而是身不由己，
有道是庶女難為，但像這樣屢次險些把小命玩掉，好像更難為啊……

文創風 658 2

自從正式回了京中的顧家大宅，她大開眼界——
看嫡母使計彈壓其他兩房，保護三房兒女，實在太讓人嘆服！
但大姊慘遭騙婚，她與蕭瑾修聯手整治那無良世子，總算出了口惡氣。
幫完自家姊妹，她沒忘上唐家認親的目的，可是——
伺機闖入東平侯府，竟被當成賊打，這下該怎麼道出真相？
雖然她的外貌是官家庶女顧桐月，靈魂卻是侯府千金唐靜好啊……

文創風 659 3

謝謝天，曾經遠在天邊的東平侯府，她終以義女身分回來了！
顧家四姊的及笄禮出了大錯，她直奔後院求救，卻因此滑倒，
起身沒站穩竟變成投懷送抱，害她擔上「輕薄」某人的罪名。
唉，雖然及時替四姊救場，不過她虧大了呀，這下找誰賠去？
而蕭瑾修也越發離譜，罵她閨房闖上癮不說，還搞得她心裡小鹿亂撞，
他獻殷勤必有所圖，可她該不會栽進他的陷阱了吧……

文創風 660 4 完

她得兩家愛重走路有風，但姊姊們卻遭遇橫禍，損及閨譽，
不怕，她挺身舌戰眾千金，姊妹齊心協力討回公道！
孰料風波再起，她的親事未決，竟惹來親王與皇孫覬覦，
唉，這些人白費力氣，她沒興趣當妃子，只想做蕭瑾修的妻。
如今姊姊們各有歸宿，下一個幸福的，應該是她了吧？
他為前程遠赴嶺南，她自然要等，不想卻等來讓人心碎的噩耗……

文創風
679

梁緣成蓁 3 完

國家圖書館出版品預行編目資料

梁緣成蓁 / 北棠著. --
初版. -- 臺北市 : 狗屋, 2018.10
冊 ; 公分. --（文創風）
ISBN 978-986-328-916-6（第3冊：平裝）. --

857.7　　107014235

著作者　北棠
編輯　王冠之
校對　沈毓萍　周貝桂
發行所　狗屋出版社有限公司
地址　台北市104中山區龍江路71巷15號1樓
電話　02-2776-5889～0
發行字號　局版台業字845號
法律顧問　蕭雄淋律師
總經銷　知遠文化事業有限公司
電話　02-2664-8800
初版　2018年10月
國際書碼　ISBN-13　978-986-328-916-6

本著作物由北京晉江原創網絡科技有限公司授權出版

定價250元
狗屋劃撥帳號：19001626
網址：love.doghouse.com.tw　E-mail：love@doghouse.com.tw